비혼엔딩

이도연 소설

BIGWAVE

목 차

1장

그럴 나이	8
해도 후회, 안 해도 후회	19
지금은 비혼시대	41

2장

헤어질 결심	56
전격 비혼 발표	69
나다운 삶	80
K 가족의 진화	88
이토록 완벽한 비혼	122

3장

비혼은 처음이라	**152**
결혼 없이, 멋지게, 더 멀리	**170**
에필로그	**191**
작가의 말	**198**

01

그럴 나이

"나랑 결혼해 줘."

한쪽 무릎을 꿇은 호준이 반지 케이스 뚜껑을 열어 내밀었다. 다이아몬드였다. 길가 액세서리 매장에서 파는 싸구려 큐빅과는 비할 수 없이 크고 반짝이는 다이아몬드.

이런 건 얼마나 할까? 백만 원? 아니, 천만 원? 모르긴 몰라도 더럽게 비싸 보인다….

내가 반지에 혼이 팔린 사이, 호준은 아랫입술을 파르르 떨고 있었다. 그때 덩달아 내 손도 바들바들 떨리기 시작했다. 요 며칠 '로지 백화점'의 F/W 시즌 기획전 비딩*으로 잠을 통 못 잤더니, 수면 부족으로 인한 수전증이다. 침착하자. 최대한 감동받은 얼굴을 하고, 눈물을 글썽이되 흘리지는 말자.

"늦지 않게 하자, 이왕이면 올해 안에."

왜, 도대체 왜 그랬을까? 짧게 숨을 고르고 호준에게 다이아몬드를 넘겨받는 순간이었다. 올해 안에 결혼하자는 말을 듣자 급격히 갈증이 났다. 물 한 모금을 마시려던 순간, 떨리던 오른손이 물 잔이 아닌 와인 잔을 잘못 건드렸다. 손대면 톡 하고 터질 것 같은 1mm 두께의 와인 잔은 바닥으로 추락하며 봉선화를 향한 연정을 사정없이 내뿜었다. 신경 써서 입은 아이보리색 원피스도 핏빛으로 빠르게 물들었다.

그뿐인가. 나는 호준에게서 넘겨받은 반지마저 손에서 놓치고 말았다. 다이아는 춤추는 발레리나처럼 핑그르르 회전해 어딘지 모를 암흑의 소굴로 사라져 버렸다. 완전히 망해 버린 프러포즈에 호준도, 나도, 심지어 힐끔 훔쳐보던 다른 테이블 손님들마저 서로가 민망한 상황이 펼쳐졌다.

이대로 더 있다간 저 눈동자들이 꿈에 나올 것 같다. 일단 자리를 좀 피하자.

"잠깐, 화장실을 좀…."

두 발자국쯤 걸었을까…. 어머, 나 왜 이러지. 시야가 마치 뭉크의 절규처럼 휘어지더니 이내 초점이 흐려졌다. 식사 내내 잔잔하게 흘러나오던 재즈 피아노 운율은 괴기스럽게 들렸고, 관자놀이는 마른걸레 쥐어짜듯 뒤틀렸다. 손으로 이마를 짚고 겨우 걷는데, 이번엔 다리의 힘이 풀렸다.

　이대로 넘어지면 안 돼…! 여기서 넘어지기까지 하면 진짜 죽어 버릴 거야!

　겨우 정신을 부여잡고 화장실 문을 열자마자 변기통에 머리를 처박았다. 목구멍을 타고 토사물이 쏟아지기 시작했다.

"우우욱…!"

　방금 전까지 먹었던 비싼 코스 요리는 위를 지나 식도로 올라오면서 완전히 형태가 달라져 있었다. 들어갈 때와 나올 때가 달라진 게 꼭 간사한 사람의 마음 같다.

　세탁비가 얼마나 들려나…. 버려야 할지도 몰라. 아끼는 원피스였는데…. 아까워 죽겠네. 하…. 야, 나다운! 그런데 넌 이 와중에 원피스가 대수야?

　세면대에서 입을 헹구고, 손 세정제를 조금 짜내 치맛단을 비볐다. 핏빛 얼룩은 점점 더 번질 뿐이었다. 불과 10여 분 만에 나는 조금 나이 든 얼굴로 자리에 앉았다. 호준이 구출해 낸 다이아몬드는 테이블 위에서 홀로 위태롭게 반짝이고 있었다.

호준이 내 눈치를 살피며 입을 열었다.

"괜찮아?"

너 같으면 괜찮겠니? 프러포즈 받은 날 와인 쏟고! 토하고! 안 괜찮아. 너무 쪽팔려서 그냥 지금 여기서, 아니, 이 세상에서 사라져 버리고 싶어.

호준의 프러포즈를 예상하지 못한 건 아니었다. 그와는 딱 일 년 정도 연애하고 결혼하면 좋겠다고 생각했다. 사실 오늘의 일도 나름 철저한 계획 속에 일어난 수순이었다. 물론 망하긴 했지만.

호준만은 아니었다. 스쳐 지나갔던 모든 남자와 나는 항상 같은 계획을 세웠었다. 가족, 친구들은 그 계획이 틀어질 때마다 나를 불쌍하게 여기기도 했다. 하지만 실상 반은 맞고 반은 틀렸다. 부자가 되는 상상을 하는 사람이 부자가 되지 못했다고 해서 실패한 인생을 살았다고 말할 수는 없잖아? 상상은 자유지, 꿈은 아니니까.

그런데 오늘, 그 상상이 무려 현실이 될 수도 있다는 생각이 들자, 숨이 가빠 왔다. 하나도 기쁘지 않았다. 나도 이런 나를 이해할 수 없었다. 결혼은 미루면 혼나고, 삶에서 도태되는 숙제쯤으로 생각했다. 게다가 난 긴 타향살이로 늘 안정감에 목말라 있었다. 드디어 고대하던 그 날이 코앞으로 다가왔는데 불현듯 결혼하자는 고백이, 프러포즈가 거북하게 느껴지다니…!

어른이 되면, 당연하게 결혼할 거라고 생각했다. 대학 진학, 취업처럼… 남들 다 하는 시기에, 남들처럼. 그래서 늘 안정적이고 자상한 남자를 만나고 싶었는데, 호준은 그런 수준을 넘어 로또에 가까웠다.

그와는 일 년 전, 전 직장의 입사 동기가 주선한 소개팅으로 만났다. 미국에서 유년기를 보내고, 억대 연봉의 증권맨이 되어 한국에 들어온 그는 미래가 보장된 직장, 훤칠한 외모, 몸에 밴 배려와 매너를 가진 남자였다. 게다가 가족은 미국에 있다니! 이게 로또가 아니면 무엇이란 말인가!

서른다섯의 나다운은, 이렇듯 남자의 조건에 복권을 들먹이는 때 묻은 어른이 되었다. 인정하고 싶지 않지만 뒤돌아보니 내가 사랑했던 지난 자리마다 모두 폐허*였기 때문에….

✦

 편의점에 들어가 콘돔을 사는 것조차 부끄러워 피임을 건너뛰기도 했던 스무 살. 처음인 게 너무 많았기 때문인지, 처녀성을 강요하던 그 시절 분위기 때문인지 모르겠지만, 내게도 첫 관계를 한 남자와 결혼할 거라고 철석같이 믿던 순진한 시절이 있었다. 섹스가 곧 사랑을 의미하지 않을 수도 있다는 사실은 뒤늦게 깨달았지만, 그 사실을 알기 전까지 나는 언제나 사랑에 진심이었다.

 첫 번째 남자친구였던 J는 사귄 지 1주년이 되던 날 입대했다. 고된 이병 시절이 지나자 나는 그의 부대로 부지런히 국가고시 문제집을 보냈다. 특별한 전공이 없었던 그가 제대 후에 공무원이라도 되어야 우리 결혼생활이 평탄하리라 생각했다. 하지만 얼마 못 가 J는 수신자 부담으로 전화를 걸어와 헤어지자고 했다.

 "헤어지자. 가뜩이나 군대도 답답한데 너까지 숨통을 조이니까 말뚝이라도 박아서 사회로 영영 나오고 싶지가 않아."

 그렇다. 말로만 듣던, 군인한테 차인다는 박복한 년이 바로 나였다. 헤어지자고 말할 거였으면 전화라도 제 돈으로 할 것이지. 아무튼 첫사랑은 그렇게 끝이 났다.

취업을 하고 스물넷에 만난 K는 고시생이었다. 그렇게 원하던 공무원 준비를 하는 남자를 만났다. K는 극장에서 팝콘을 사야 할 타이밍에는 꼭 화장실이 급하다며 사라졌고, 데이트는 주로 내 자취방에서 했다. 가난한 고시생과는 그 흔한 바다 여행도 한 번 가기 쉽지 않았는데, 어느 날 그가 1주년에 여행을 가자며 적금통장을 만들어 왔다. 통장을 만들어 함께 관리하는 일은 결혼 전 일련의 공동 경제 연습 과정이라 생각했기에 거절할 이유가 없었다. 우리는 통장으로 각자 매달 20만 원씩을 입금하기로 했다. 명의는 K의 것이었다.

그리고 10개월이 지났다. 여행 통장에 400만 원쯤 쌓이자 K가 잠수를 탔다. 도서관에도, 고시원에도 그는 없었고 SNS도 비공개로 전환되어 있었다. 약이 오를 대로 오른 나는 세컨드 계정을 만들어 그를 팔로우했다. 그러곤 뒷모습 사진을 업로드한 뒤, 디엠을 보냈다.

— ik7783 안녕하세요? 소통해요!

K는 곧바로 내 세컨드 계정을 맞팔했다. 그의 비공개 SNS

가 열렸다.

피드는 그의 여행 사진으로 가득했다. 최근 게시물은 필리핀 세부의 한 리조트였다. '그동안 고생한 나에게 주는 선물'이라는 코멘트와 함께 행복한 웃음을 한 K의 셀카가 게시되어 있었다. 리조트의 인피니티 풀은 하늘과 바다, 그리고 수영장의 경계선이 잘 구분되지 않을 정도로 맑았다. 선을 넘어야겠다는 충동을 이기지 못하고 댓글을 남겼다.

ㅡ ik7783 내 돈 내놔. 도둑놈 새끼야!

돈도 못 받고, 계정도 정지당했다.

불행은 이걸로 끝나지 않았다. 끝이 구린 연애들은 자가 복제를 하는 것처럼 반복됐다. 죽도록 싸우고, 누군가는 회피하고, 잠깐 화해했다가, 다시 미치도록 싸우길 반복하는 연애가. 잠수를 타거나, 메시지 하나로 그간 나누었던 마음이 끝나 버리는 연애가. 사랑이란 말은 공기 중에 모두 흩어져 사라져 버릴 가볍디가벼운 거지 같은 연애가 계속되었다. 매번 나의 구원이라 생각했던 사랑에게 보란 듯이 차이며, 구원이 아닌 천벌을 받는 마음으로 이별했다. '이 사랑은 내 인생을 구제해 주러 나타난 게 분명하다!' 라는 허튼 생각으로 시작한 연애이니 제대로 될 리가 없었다. 남자의 단점마저 하늘의 뜻이라고 생각하다니, 이 얼마나 미련한가! 어쩌면 사람 보는 눈을 좀 기르라는 하늘의 뜻인지도 모르겠다. 단점은 단점일 뿐, 하늘의 뜻은 개뿔!

처음엔 남자들을 탓했지만 얼마 지나지 않아 깨달았다. 이건 내 문제라는 걸. 똥파리는 우아한 꽃에 앉지 않는다. 고약한 냄새가 나는 똥에 꼬인다. 결국 내가 똥인 거다. 똥!

그렇다면 나는 왜 똥일까…? 나는 어디서부터 잘못된 건지, 내 삶을 셀프로 진단해 봤다. 스무 살, 고향을 떠나고 싶다는 마음에 사로잡혀, 성적에 맞춰 대학에 입학했다. 스물다섯, 졸업 후 스펙에 맞는 적당한 직장에 취업해 평범한 마케팅 직무를 하며 별 탈 없이 6년간 회사에 다녔다. 그리고 남들이 가는 터널을 모두 지나온 평범한 서른을 앞두고 있었다. 특별함이라곤 하나도 없는.

나는 다시 스스로에게 질문을 던졌다.

진정으로 내가 원한 것이었을까?

이대로 살다가 남들 뒤꽁무니만 쫓다 가랑이 찢어지는 평범한 뱁새가 될까 두려워졌다. 12월 31일. 적당히 술에 취해 종로로 향했다. 서른 번의 종소리를 들으며 다르게 살기로 결심했다. 아니, 달라져야 했다. 똥이 아닌 꽃이 되어야겠다고. 그 시작으로 6년을 근속한 회사에 사표를 내고 작은 광고 회사를 창업했다. 사업자 등록을 하던 날은 스무 살이 되던 밤처럼 퍽 설레기도 했다. 이젠 공무원 남편 따위 필요 없을 것 같았다.

그리고 일 년 후 호준을 만났다. 매너를 온몸에 휘감은 그는 잘 빠진 외제 차 문을 열고 나를 에스코트한다. 하얀 피부에 쌍꺼풀 없는 작은 눈, 살짝 말려 올라간 입꼬리를 가진 이 남자라면 내 돈을 떼어먹을 일도, 직장이 변변치 않아 초조해할 일도 없겠지. 속물이라 해도 어쩔 수 없다. 이게 현실이니까. 이제 프러포즈 받고, 결혼만 하면, 이 지긋지긋한 연애의 종지부를 찍고 결혼이란 오랜 숙제를 마칠 수 있다.

✦

집으로 가는 호준의 차 안에서 우린 별다른 대화는 하지 않았다. 망쳐 버린 프러포즈 때문인지, 차에서 나는 지루한 우디향

방향제 때문인지, 속이 메슥거려 창을 반쯤 열고 눈을 감았다. 감미롭고 차분한 클래식이 낮은 볼륨으로 흘렀다. 듣는 이로 하여금 착한 마음이 들게 하는 그런 음악. 그런데 오늘따라 이 착한 음악도, 따뜻하고 포근한 호준의 시선도, 결혼을 당연하듯 상상했던 나의 지난날마저 모든 게 낯설기만 하다.

해도 후회, 안 해도 후회

 일요일 아침, 어제 무슨 일이 있었냐는 듯 개운하게 일어났다. 따뜻한 물로 샤워를 하고, 거지 존에 머물러 있는 어중간한 단발을 자연스러운 C컬로 드라이했다. 무릎까지 오는 검은색 일자 스커트에 하늘색 블라우스를 받쳐 입고 옅은 화장을 마쳤다. 화장대에 올려 둔 프러포즈 반지 케이스의 뚜껑을 열었다가 그냥 서랍에 밀어 넣었다.

 오늘은 절친 윤서의 결혼식이다. 윤서는 나의 엄마 김옥경 씨의 쌍둥이 동생, 김옥순 씨의 외동딸이다. 그러니까 그녀는 나의 절친이자 사촌인 셈.

 윤서와는 어릴 적부터 자매처럼 친했다. 누가 봐도 예쁜 이목구비에, 트리트먼트가 잘된 긴 생머리를 항상 유지하던 윤서.

세 자매의 막내로 자라면서 한 번도 새 옷을 입어 본 적 없던 나와는 다르게, 그녀의 가방이나 옷은 대부분 명품이었다. 로고가 크게 박혀 과시하는 류의 명품이 아니라, 아무렇게나 툭 하고 옷을 벗었을 때 보일락 말락 한 작은 태그가 달린, 야단스럽지 않은 진짜 명품을 주로 걸쳤다.

성인이 되고 늘 연애 중이었던 나와 달리 윤서는 연애를 자주 하지 않았다. 윤서는 내게 나중을 위해 아무나 사귀지 말고 신중하라며 충고했다. 나도 나름 고르고 골라 사귄 건데…. 남자 보는 눈을 증명이라도 하듯 결국 아무나 사귄 꼴이 되었지만.

옥순 이모는 교대, 교생, 정교사 코스를 밟은 후, 이모부와 결혼했고, 출산 공백을 무사히 넘기고 복직했다. 30년 전에도 경력단절이 문제가 되지 않은 걸 보면 역시 여자 직업으로는 교사가 최고인가? 요즘은 교권이 추락해 스트레스가 이만저만이 아니라던데. 한편 이모보다 3분이나 빨리 세상에 나온 엄마는 외할머니에게 남자 잘 못 만나 팔자 망친 년이란 말을 많이 들었다. 남해의 참치 공장 장남인 아빠에게 시집을 가는 바람에 팔자가 꼬였다는 거다. 쌍둥이가 결혼 후에 인생이 바뀌었으니 그런 말을 들을 만도 했다. 그런데 또 하필이면 내가 남자

보는 눈마저 엄마를 닮아서 아직도 미혼인데, 윤서가 교수 남편을 만나 먼저 시집을 간다. 그러니 오늘은 김옥경 여사의 심기를 건드리지 않도록 최선을 다해야 한다.

시내버스 뒷좌석 창가에 앉았다. 곧 여름이 오려나…. 나무들이 제법 채도를 올리기 시작했다. 해를 한껏 머금은 짙푸른 풀잎들이 솟아나고 있다. 양화대교 아래 한강공원에는 반짝이는 한강에서 보트를 타는 사람들, 자전거를 타는 가족, 피크닉을 즐기러 나온 연인들이 걸리버 여행기 속 작은 사람처럼 분주하게 움직이고 있었다.

고등학교 동창, 대학 동기, 직장 동료의 결혼식까지…. 결혼식은 청첩장을 받으면 으레 당연하게 참석했다. 친구의 첫 결혼식은 어른이 된 기분에 퍽 설레었다. 내가 주인공도 아니면서 백화점에서 고르고 골라 비싼 원피스를 사고, 미용실에서 머리도 했다. 그땐 왜 그리 어른이 되지 못해 안달이었는지, 결혼식에 참석한다고 어른이 되는 게 아닌데. 그땐 그걸 몰랐다.

삼십 대 중반이 되니, 결혼식에 가는 일에 설렘 따윈 없다. 모두가 대학에 입학하는 스무 살에 혼자만 재수, 삼수하는 기분이랄까. 미성년자는 아니지만 그렇다고 어른도 아닌 상태. 친구들 모두 엠티다, 오티다, 대학 생활에 바쁘고 새로운 친구를 사귀는 때에 너만 왜 여전히 열아홉에 머물러 있니? 하는 시선. 누군가와 법적으로 연결되어 있지 않다는 이유만으로 어딘가 부족한 사람으로 치부하는 분위기가 부당하다 생각하면서도 당당하지 못한 내가 싫어서 자꾸만 피하게 됐다.

버스에서 이런저런 상념에 빠져 있다 보니 금세 여의도에 도착했다.

윤서의 아빠이자 이모부가 교육자 집안에서 허례허식 호텔 결혼식은 절대로 안 된다고 해서 '어쩔 수 없이' 예약했다는 일반 웨딩홀은 대여료가 350만 원, 뷔페가 1인당 5만 9천 원 ―최소 초대 인원의 밥값을 계산하면 최저가 이천만 원이 넘는다.―이다. 현재 웨딩 업계 검소한 일반 웨딩의 수준이란다. 대신 윤서의 웨딩드레스는 탑 여배우들이 입는다는 오스카를, 신혼여행은 대한항공 퍼스트 클래스를 타고 프라하로, 호텔은 5성급 스위트룸으로 합의를 봤다나.

4층, 아모르 홀을 찾아 계단을 올랐다. 아는 얼굴이 있을까 두리번거리는데 얼마나 사람이 많은지, 그야말로 인산인해였다. 한 남자는 봉투에 5만 원짜리 두 장을 넣었다가 고개를 갸

우뚱하더니 한 장을 빼서 주머니로 집어넣고, 다른 한편에선 애들이 울며 엄마를 보챈다. 그런 아기들을 보며 좋아하는 어른들 사이를 파고들어 겨우 '아모르 홀'을 찾아냈다.

  고운 한복을 차려입은 이모가 손님들을 맞이하는 모습이 보였다. 이모는 윤서와 내가 결혼이 늦어지는 게 '둘이 자주 붙어 다녀서'라고 했고, '도대체 언제 시집가서 언제 철들려고 하냐'는 잔소리로 나를 자주 괴롭혔다. 오늘 이모의 훈계가 시작되면 '어제 프러포즈 받았어요!'라며 호준의 프러포즈를 승낙하는 시나리오로 말할지, 아니면 '저는 결혼 생각이 없으니 더는 묻지 말아 주세요!'라고 질러 버릴지, 이런저런 대답 후보를 만들고 있는 와중에 엄마가 촌스러운 한복을 입고 나타나 나를 툭 쳤다.

"예쁘게 좀 입고 오지. 부케 받는다는 애가."

"엄마나 좀 예쁜 거 입고 오지. 촌스러운 이 한복은 뭐야."

  아차. 말하는 동시에 잘못 건드렸다는 걸 깨달았다. 엄마의 심기가 불편해졌다. 네가 윤서보다 결혼을 빨리했으면 나도 신상 한복을 입고 왔을 거라고 옆구리를 쑤셔대는데 옥순 이모가 등판했다.

"다운아! 넌 언제 갈 거니? 언니가 걱정이 많겠어. 내가 다운이 선 자리 좀 알아봐 줄까?"

김옥경 여사도 지지 않는다.

"됐어, 다운이는 지 알아서 잘해."

"그래? 다운이한테 남자가 있어?"

"있겠지! 그럼 뭐, 애인도 없을까 봐!"

두 자매가 보이지 않는 칼을 입에 물었다. 엄마는 이모가 뱉은 칼에 가슴을 푹 찔리고 아빠를 찾아 황급히 자리를 떴다. 제 운명을 받아들이고 사는 당차고 씩씩한 도깨비처럼 받아들여야지, 어쩌겠나…. 엄마가 자리를 뜨자 이모의 칼이 내게로 향했다.

"다운이 남자가 있었어? 결혼만 하면 되겠네! 아이고, 그런데 넌 왜 그 좋은 직장을 때려치웠니? 너 사업한다며? 한 달에 얼마나 버니?"

이렇게 훅, 부모에게도 말하지 않는 일급 연봉정보를 당연하게 묻다니. 대한민국 친척들은 혹시 국가의 교육을 받는 건가? 그냥 노는 청년 50만의 사기를 꺾어, 욜로 같은 소리 말고 쉬지 않고 일하도록!

"혼자 먹고살 정도는⋯."

"그래? 어머! 장 여사님 오셨어~ 아이고, 고마워!"

이모는 내 말이 끝나기도 전에 다른 손님을 맞이하러 고개를 돌렸다. 애초에 대답이 중요하지 않았겠지. 정신이 혼미하다. 작은 회사를 운영하며 나름대로 나다운 삶을 완성하고 있다고 생각했지만, 이모에게 나는 여전히 임시의 삶을 사는 미혼일 뿐이라니⋯. 그래, 그럴 수 있지. 오늘은 좋은 날이니까. 참자.

신부대기실 앞, 신부를 보러 온 하객들의 어깨 사이로 윤서가 힐끔 보였다. 하객들 사이를 비집고 들어가 윤서 옆에 엉덩이를 반쯤 걸치고 앉았다. 윤서의 드레스는 쇄골이 드러난 튜브톱 스타일의 새틴 형 벨 라인 드레스였다. 새하얗고 은은한 광택이 도는 드레스를 입은 윤서는 마치 진주 펄 크림을 휘감은 동화 속 공주님 같았다.

"왜 혼자 왔어? 호준 씨랑 같이 오지. 결혼식을 데리고 다녀야 널 빨리 데려가야겠다, 생각할 거 아냐!"

"어제 프러포즈 받았어."

"헐, 대박. 어떻게? 어떤 이벤트였는데?"

"이벤트 없었어. 그냥 반지만."

"그래? 야! 대박! 근데, 왜 반지 안 꼈어?"

"신부님, 앞에 봐 주시고요, 웃어 주세요!"

촬영기사는 우리 둘 사진을 열정적으로 찍어댔다.

"반지 받고, 토했어."

"뭐? 미친 거 아니야?"

장내 방송이 흘러나왔다.

─식이 곧 시작될 예정이니 양측 하객분들 모두 착석하여 주시기 바랍니다.

윤서의 드레스와 머리를 만져 주던 헬퍼가 대기실에 있는 하객들을 하나둘 내보냈다.

"이제 다 나가 주시고요. 신부님 입장 준비하실게요!"

성스러운 웨딩 마치가 흘러나오자, 홀 문이 활짝 열리면서 크리스털 조명이 쏟아지듯 빛났다. 마냥 신나 보이던 윤서가 버진 로드 앞에 서자 돌연 두려운 눈으로 나를 돌아봤다. 입을 벙긋거리며 '잘 가' 인사하는데 이상하게 눈물이 날 것 같았다. 어디 죽으러 가는 것도 아닌데 왜 눈물이 나고 지랄이야. 주책맞아 보일까 봐 꾹 참았다.

"신부, 입장!"

사회자의 힘찬 구령에 아버지의 손을 잡은 윤서가 눈부시게 빛나는 조명 아래로 조심조심 걸어 나갔다. 오늘처럼 그녀가 사람들의 진심 어린 축하와 축복을 받으며 꽃길만 걷기를… 진심으로 바랐다. 나도 모르게 눈물이 쪼록 흘렀다.

윤서가 신랑과 마주 서 맞절을 하는 모습을 보는데 문득 그런 생각이 들었다.

사람들은 왜 결혼을 할까? 혼자서 외롭게 늙는 게 두려워서? 아니면, 그냥… 그럴 나이라서?

늘 당연하게만 생각했던 결혼이 막상 눈앞으로 다가오자, 그제야 진짜 내 진심이 툭 튀어나와 버렸다.

나… 정말 결혼을 원했을까?

✦

사진 촬영이 끝나고 하얀색 카라로 된 부케를 들고 혼자 나왔다. 가족들은 남아서 폐백을 본다고 했고, 결혼, 출산 이슈가 없는 한 30대 중반의 하객에게는 아무도 관심을 두지 않기에,

어렵지 않게 혼자 빠져나올 수 있었다.

    입구에 선 직원은 표정 없이 식권을 받아 갔다. 키오스크를 하나 들이는 게 더 낫지 않을까? 축의금을 넣고, 식권을 뽑는 거지. 오만 원을 넣으면 한 장, 십만 원을 넣으면 두 장. 너무 정이 없지 않냐고? 노골적으로 돈과 식권을 맞교환하는 K 결혼 문화는 세속적이다. 축하는 핑계고 뷔페는 수금을 위한 명분이다. 식장의 식사 가격이 사만 원이 넘어가면서부터 오만 원을 낼 거면 안 가는 게 도와주는 거란 얘기가 돌기 시작했다. 십만 원을 내고 남편에 애까지 데려오면 본전이나 뽑으려 드는 눈치 없는 사람 취급을 받는다. 이게 현실이다.

    오늘은 세 개의 홀에서 동시에 결혼식이 행해졌다. 식이 끝나자 600명이 넘는 하객이 한꺼번에 식당으로 몰려들었다. '신랑은 뭐 하는 사람이래?', '신부가 참하게 생겼네. 몇 살이래?' 하며 정작 당사자는 듣도 보도 못한 이들이 우르르 몰려와 축의금과 맞바꾼 식권으로 급하게 뷔페를 먹고 돌아갔다. 신랑, 신부, 그리고 가족, 친지, 최측근 몇을 제외하고 나면 결혼식을 즐기는 사람은 없어 보인다. 나의 결혼식도 결국 이런 꼴이 되리라 생각하자 아찔해져 고개를 세차게 흔들었다.

나도 나름 결혼식에 대한 로망이 있었다.

하늘이 파란 가을의 어느 날, 야외 테라스가 있는 다이닝 레스토랑에 가까운 사람만 조촐하게 초대한다. 야생화가 풍성하게 장식된 다이닝 레스토랑은 하루에 한 번만 예식이 진행되니 쫓기듯 밥을 먹을 일도, 꽃을 재탕할 일도 없을 것이다. 초대받은 사람은 신랑 신부를 위한 축의금이나 선물을 손익계산 없이 기꺼이 준비하고, 따뜻한 식사를 함께한 뒤 감사함을 담은 포옹을 나누며 1부를 마친다. 2부로는 친구들과 샴페인 파티를 한다. 두 사람의 결합을 축하하며 밤새 샴페인을 마시고, 춤을 추면서 노는 거다.

뭐? 이런 기대는 역시 미혼이라 현실을 몰라서 하는 철없는 환상이라고? 로망은 로망일 뿐. 어차피 남해의 세 자매 슈퍼집 딸들에겐 야외 결혼식이니, 스몰 웨딩이니 그런 일은 절대 일어날 수 없다.

딸만 셋인 우리 집에서는 두 번의 결혼식이 행해졌다. 첫째 언니의 결혼식은 남해 읍내에서 제일 크다는 제일 예식장에서 치러졌다. 그리고 몇 년 후, 둘째 언니의 결혼식은 형부가 서울 사람이었기 때문에 조금 다를 줄 알았지만 결혼식은 원래 여자

쪽에서 하는 거라며 결국 또 제일 예식장에서 치러졌다. 그새 예식장은 참 많이 늙었고, 바닥에 깔아 놓은 레드카펫도 촌스럽게 색이 바랬다. 그리고 또 7년이 지난 지금, 내가 재벌과 결혼을 한다고 해도, 제일 예식장의 운명을 피할 수 없다는 걸 나는 잘 알고 있었다.

   뷔페 접시를 들고 나르는 하객들 사이를 지나 최대한 구석에 가방을 놓았다. 가족들은 어디로 흩어졌는지 보이지 않았고, 이왕이면 끝까지 보이지 않기를 바랐다. 스테이크나 초밥 같은 인기 메뉴를 먹으려고 줄을 서다 엄마의 눈에 띄는 날엔 피곤해질 수 있으니, 바로 집어 올 수 있는 음식으로 몇 가지 담은 뒤 재빠르게 자리에 앉았다.

   호준은 지금 어떤 마음일까, 결혼은 해도 후회, 안 해도 후회라는데 해 보고 후회하는 게 낫나, 아니면 안 하고 책임질 일을 만들지 않는 게 낫나? 미혼은 서럽다고 투덜거리면서도, 일반의 삶에서 멀어지는 건 두려워서 그 어느 쪽에도 속하지 못하고 망설이는 나란 년, 한심하기 짝이 없다. 결혼 생각에 심란해져 있는 그때, 접시 위로 낯선 손이 휙, 하고 지나갔다.

   "와, 이거 고르곤졸라 피자 맞죠? 대박이다. 와하하!"

이 새낀 뭐지. 웨딩홀과는 안 어울리게 꾀죄죄한 몰골에 바닥에 놓인 백팩, 흙탕물에서 뒹군 차림새로 내 접시 위 피자를 맨손으로 덥석 집는 남자. 반사적으로 남자의 손목을 팍 잡았다.

"지금 뭐 하시는 거예요?"

"아, 피자 안 드시는 것 같아서. 아까 제가 갔을 땐 없었거든요, 고르곤졸라."

똥파리는 피하자. 똥이 되지 않기 위한 필사적인 몸부림.

"하… 졸라… 그쪽 다 먹어요."

접시를 통째로 남자에게 밀어냈다. 자리에서 일어나려는데 남자가 이번엔 부케를 가리키며 말했다.

"그런데 이거, 일반 쓰레기인 거 아시죠?"

"네?"

"부케 말이에요. 꽃은 일반 쓰레기예요. 괜히 식물이라고 아무 데나 갖다 버리지 마시고 버릴 때 참고하세요."

영원한 사랑을 의미하는 이 성스러운 부케에 쓰레기를 운운하다니…. 남자는 내가 밀어낸 접시의 남은 음식을 그것도 손으로, 한입에 욱여넣더니 손가락을 죽 빨아먹었다.

내가 만만하지? 숨겨 왔던 자격지심이 고개를 들었다. 오기가 발동해 자리에서 일어나 가방을 챙기며 들으란 듯 큰 소리로 말했다.

"영원한 사랑을 맹세한 이 부케에 대고, 쓰레기 운운하는 건 좀… 아니지 않나?"

들을 테면 들으라지! 그런데 남자가 피식 웃었다.

"영원? 결혼하면 사랑이 영원할 것 같아요?"

똥이 무서워서 피하나? 더러워서 피하지. 아무래도 자리를 피해야겠다. 요즘 세상은 더럽고도 무섭단 말이야.

급하게 연회장을 나서는데 누군가 부르는 소리가 들렸다.

"저기요!"

돌아보니 아까 그 쓰레기다. 예감이 좋지 않아 슬슬 뒷걸음질 치는데 쓰레기가, 아니, 부케를 든 남자가 계속 따라왔다.

"저기요! 뭐 놓고 간 거 없어요?"

"네?"

무슨 개수작인가 하는 찰나, 내 가슴팍에 부케가 툭 하고 던져졌다. 남자가 씩 웃으며 말했다.

"영원한 사랑."

✦

 무슨 일이 있어도 시간은 흐른다. 프러포즈에 구역질을 했든지 혹은 할 뻔했든지, 월요일은 카드값 인출 날처럼 사정 봐주지 않고 따박따박 인정머리 없이 찾아온다. 지구의 자전은 인간의 힘으로 막을 수 없고, 출근의 의무는 대출 이자 납부로 인해 철저히 지켜진다.

 그날의 프러포즈 이후 서먹하게 며칠을 보내고 호준은 열흘간의 출장을 떠났다. 워낙 출장이 잦은 사람이라 일부러 나를 피해 떠난 것이라고는 생각하지 않기로 했다. 한국과 시간이 정반대인 나라에 출장을 가서도 호준은 매일 같은 시간에 메시지를 보내왔다. 오늘의 날씨와 밥때를 챙기는 보통의 안부 메시지는 예측 가능한 잔잔한 연애, 혹은 짜릿함이라곤 없는 지루한 안정감이라고 할 만한 연락들이었다. 나도 의례적으로 답장을 했다. 날씨는 무난하게 좋고, 밥은 맛있게 잘 먹었다고.

 서둘러 출근을 한다. 사무실은 집에서 나와 10분쯤 걸으면 도착하는 작은 상가건물의 반지하다. 2년 전, 낡은 동네 서점이 폐점하면서 운 좋게 싸게 구했다. 10평 남짓한 작은 공간이지만, 깨끗한 하얀색 페인트를 칠해 2평쯤은 넓어 보이게 착시 효과를 주었다. 반지하에서도 잘 죽지 않는다는 화분을 들이고, 웜톤의 조명을 테이블마다 올려 두었다. 회사 명패는 1층으로 내려오는 입구에 달았다. 픽다운, PickDAUN. 뭐든 픽하는 건 자신 있는 나다운, 내 이름을 따서 지었다. 김 선배와 찐은 초보 사업가에게 힘을 보태 준 고마운 창립 멤버다.

"언니! 오늘 영우 기획 황 과장 미팅, 나 안 가면 안 돼?"

찐은 출근과 동시에 텀블러와 외투를 책상에 던지듯 놓으며 말했다. 영우 기획 황 과장을 한마디로 말하자면 불타오르는 한여름 아스팔트에 붙은 껌 같은 인간이다. 그 인간과 회의나 회식을 한 날이면 며칠 내내 불쾌감이 들러붙어 끈질기게 떨어지질 않았다.

이번 미팅은 최종 파일을 검토받는 자리니 황 과장이 밥을 한 번 사겠다고 해서 픽다운 직원 모두 참여하기로 했었다.

"오전에 전화 왔는데, 글쎄 '아가씨가 아저씨랑 밥 먹어도 되나? 껄껄껄, 동네 소문나는 거 아니야? 조용한데 가서 따로 볼까?' 그러는 거 있죠. 미쳤나 봐. 내가 왜 지랑 조용한 데서 봐? 아, 기분도 더러운데 발리 해변에서 술이나 마시고 귀여운 곱슬머리 남자랑 섹스나 하고 싶다!"

더러운 기분이 발리에서 섹스로 귀결되는 문장의 유니크함은 20대인 찐이의 장점이었다.

"으, 그 인간. 너한테도 그래? 나만 보면 남자의 자존심은 벤츠라느니, 얼마나 사람을 무시하는지…. 난 40대가 돼도 절대로 저렇게 안 늙을 거야. 참, 난 오늘 가족 모임 있어서 회식은 못 갈 것 같은데 어쩌지?"

김선배 너까지….

모두가 기피하는 클라이언트, 피하고 싶으면 피할 수 있었던 조직 생활과 달리 개인 사업에는 비를 피할 처마도, 우산도 없다. 모든 것은 스스로. 총대는 언제나 내 등에 철썩 달라붙어 있다. 누군가 내게 어른이 되어가는 게 뭐라고 생각하냐고 물으면 참는 거라고 말할 테다. 어른이 되는 일은 드레스를 입고 버진 로드를 걷는다고 해서, 아이를 낳고 기른다고 해서 되는 게 아니라, 그저 참고 또 참으면서 만들어지는 게 아닐까. 물론 높은 확률로 결혼을 하고 아이를 낳고 기르면서 참을 일이 더 많아지는 게 사실이지만. 역시, 어른이 되는 건 참 어려운 일이야.

하지만 오늘만큼은 할 말은 해야겠다. 총구를 황 과장의 관자놀이에 겨누며 말하리라. 어른 따위 개나 줘 버리고, 더 이상의 성차별적인 발언과 인격 모독은 곤란하다고. 당당히 계약서를 부악 찢어 버리고 퇴장하는 거다. 탕!

오케이. 자, 이제 전쟁터로!

황 과장은 약속 시간 10분 전에 식당 주소를 찍어 보냈다. 소문난 부자네 감자탕.

✦

"이번 행사는 동선이 복잡해서 사인(sign)물이 많이 들어갑니다. 입구에는 목재로 게이트를 짜서 세우려고 하고, 천장에는 현수막을 10미터 간격으로…."

"그런 건 나 대표가 알아서 할 수 있잖아. 낮술이나 해. 어이! 감자탕 시킨 지가 언젠데 아직도 안 나와?"

상대를 가리지 않는 저 반말, 아무리 들어도 적응이 안 된다. 다른 테이블에 앉은 사람들의 따가운 시선이 느껴졌다. 부끄러움은 내 몫이지 뭐. 본격적으로 일 얘기를 좀 해 볼까 했는데 황 과장은 일 따위 관심 없다는 듯 말을 돌렸다.

"왜 혼자 왔어?"

"다들 바빠서요."

"회식도 다 업무의 연장인 걸 그것들이 알겠어? 갑질이다, 명령한다, 성희롱이다, 요즘 엠지(MZ)들은 참는 법이 없다니까? 사정사정 안 하면 퇴사한다고 난리 치고. 안 그래? 누구라도 대체할 수 있고, 언제라도 갈아 치울 수 있는 자린데. 죽을 둥 살 둥 일해도 살아남을까 말까야. 요즘 애들은 참, 그런 걸 몰라요."

황 과장은 젊은 직원들에게 맺힌 게 많았는지, 잔에 소주와 맥주를 차례로 따르며 이어 말했다.

"그래도 나 대표는 싹싹한 맛은 좀 없어도 요즘 애들 같진 않아서 좋아."

황 과장이 소맥을 내밀었다. 원샷하면 컨펌이란다. 그냥 확, 테이블 엎어 버리고 들이받을까? 지금이 타이밍이다. 총알을

장전한다! …탕! 이 아니라 원샷! 두 손으로 소맥을 받아 고개를 30도쯤 돌려 공손하게 원샷했다. 엄마가 말씀하셨지, 언제, 어디서나 공손해야 한다고. 어디 가서 부모가 못 가르쳐서 버릇없단 소리 들으면 안 된다고, 얼마나 잔소리를 따끔하게 했는지. 이젠 공손하다 못해 굽신거리는 지경이 되어 버렸다. 이럴 땐 조금 못되게 굴어도 되는 건데…. 이런 인간에겐 버릇 따위 없어도 되는 건데!

"나 대표, 모아 놓은 돈은 좀 있나?"

"빚만 잔뜩이죠, 뭐."

"쯔쯔. 시집은 어떻게 가려고? 집이 잘사는 거 아니면 더 늦기 전에 얼른 조건 좋은 남자 만나 시집이나 가. 사업해서 몇 푼이나 번다고. 아버지가 걱정이 많겠어."

딸이 나랑 동갑이라고 했던 것 같은데….

"우리 딸이 딱 나 대표랑 동갑이거든. 우리 딸은 빠리에서 패션 공부해."

네 딸은 하고 싶은 공부 실컷 하면서 꿈을 펼쳤으면 좋겠고, 남의 집 딸은 어설프게 돈 벌 거면 시집이나 가라는 거야?

"아이고, 오늘 기분 좋네! 나 대표, 우리 다음 프로젝트도 같이할까?"

얼큰하게 취한 황 과장은 내 손을 덥석 잡고는 이리저리 흔들었다. 광고주라는 작자들은 왜 다 이 모양일까? 간절함을 미끼로 우월감을 채운다. 회사의 명함을 제 낯으로 여기고, 방패로 삼는다. 일 시킬 땐 세상에서 제일 급하고, 결제 날이 다가오면 세월아 네월아 하면서 회사가 너무 힘들다고 앓는 소리나 하지.

"과장님, 저는 어설프게 돈 벌어도 좋으니 하고 싶은 일 하면서 살고 싶어요. 저는 제 일이 좋거든요."

이를 꽉 깨물고 말했다.

결혼하면 경제력이 좋은 남편에 기대어 가족의 평화만을 행복으로 여기는 사람들처럼, 나도 그렇게 살 수 있을까? 어쩌면 호준의 부모님은 미국에 계시니까 호준과 결혼하면 나도 미국에서 살게 될지 모른다. 뉴욕 센트럴 파크에서 책을 읽고 커피도 마시고 산책을 하면서…. 잠깐만, 미국에서 살게 되면 엄마, 아빠, 언니들은 일 년에 몇 번씩 볼 수 있을까? 일 년에 한 번? 한국에 자주 놀러 오기 쉽지 않겠지? 회사는 어떻게 하지? 다음 프로젝트는 꽤 길어질 것 같고 여름휴가도 못 갈 상황인데….

결혼만 하고 신혼여행은 다음 해에 가자고 해도 될까? 만약에 일을 그만두면 호준이 한 달에 얼마를 나한테 줄까? 눈치 보여서 마음대로 돈을 쓸 수나 있나? 경제권은 누가 쥐는 게 맞는 거지? 양가 인사, 식장 투어, 플래너 선정, 스드메 예약, 상견례, 신혼집 알아보기, 예물, 예단 준비하며 동시에 웨딩 촬영. 틈날 때마다 촬영용, 본식용 웨딩드레스를 골라야 하고, 혼수 고르기까지. 남들은 이 번거로운 과정을 일을 하면서 어떻게 다 준비했을까? 아, 돈만 있으면 가능하다고? 가격 비교 안 하면 선택은 쉽다. 그렇담 돈은? 전세금은 다 은행 대출이고, 겨우 얼마 있는 건 창업 대출받은 거 상환해야지. 꼬리에 꼬리를 물고 상상하다 보니 자괴감만 더해졌다.

 뭐야, 내 인생 왜 이래?

 답이 없는 질문은 계속 돌고 돌기만 한다. 열심히 산다고 살았는데, 같은 자리만 내내 맴돌고 있다. 너만 왜 아직 거기 있냐며. 세상은 자꾸만 나를 몰아붙인다.

지금은 비혼시대

 잡혀 있던 프로젝트들을 하나둘 퀘스트 깨듯 진행하느라 여름이 온 줄도 몰랐는데, 날이 부쩍 더워졌다. 창을 열어 두면 여름을 깨우기라도 하듯 매미가 시끄럽게 울어대기 시작했다.

 오늘은 신혼여행에서 돌아온 윤서를 만나기로 했다. 카페 창가에 앉아 아무 생각 없이 오가는 사람을 구경하는데 창문 너머로 웬 늘씬하게 잘빠진, 억 소리 나는 고급 외제 차에서 윤서가 내렸다.

 윤서에게 물었다.

"차 샀어?"

"아니, 혼수로 받았어."

"저런 차는 얼마나 하니?"

"2억?"

불과 열흘 전까지 같이 소주를 마시던 우리 사이가 이억 광년도 넘게 멀어진 기분.

"저녁에 술 마실 거 아니야? 차는 왜 가져왔어?"

만났다 하면 카페를 시작으로 동네 술집을 도장 깨기 하듯 다닌 우리였다. 오늘도 어김없이 신혼여행 썰을 안주로 한잔할 거라고 당연하게 생각하고 있었는데….

"나 오늘 술 못 먹어. 커피만 마시고 일찍 가봐야 해."

"왜? 남편이 술도 못 마시게 해?"

날 선 빈정거림에 윤서는 눈썹을 꾸물대더니, 말을 돌렸다.

"호준씨랑은 어떻게 됐어? 만났어?"

"아니, 아직."

"뭐? 차이고 싶어 환장했어? 그렇게 일방적으로 피 말리면 되니? 아니라면 빨리 놔 줘야지."

얘가 이렇게 남자한테 관대한 사람이었나. 윤서는 연애를 주도권 게임이라 생각했다. 연애의 주도권을 누가 쥐느냐에 따라 갑과 을이 결정된다며 철저하게 머리로 연애를 했다. 메시지를 받으면 3분의 타이머를 돌리고, 다시 마음속으로 열 개의 손가락을 접은 뒤 답장하는 방식. 한 번은 남자친구가 약속 시간에 늦자 윤서는 딱 5분을 기다린 후 집으로 가 버렸다고 했다. 남자친구가 늦은 시각은 13분이었다.

"남자는 한번 봐 주면 얘는 이래도 되는 애구나, 하면서 점점 함부로 대하기 시작해. 초장부터 버릇을 잘 들여야 하는 거야."

그랬던 그녀.

"난 결혼하고 나니까 말이야, 편해. 안정감이 들어. 결혼은 정말 좋은 거더라고. 이렇게 좋을 줄 알았으면 영양가 없는 연애 적당히 하고 일찍 결혼할 걸 그랬어."

연애에 있어선 냉정하기로 둘째가라면 서럽다는 그녀는 어느새 결혼 애호가가 되었다. 윤서가 이렇게 변한 걸 보면 결혼이 정말 좋긴 좋은가? 마음의 추가 결혼 쪽으로 살짝 기울어지려 하는 순간이었다.

"나, 일 관뒀어."

윤서와는 같은 대학에서 다른 전공을 했다. 나는 당장 생계가 중요해서 마케팅과를 전공하고 졸업한 뒤 곧장 취업을 했고, 미술사를 전공한 윤서는 대학원으로 진학해 현대미술 전시 큐레이터가 되었다.

"왜? 큐레이터 일, 좋아했잖아."

"임신해야 하니까."

에? '임신했다'도 아니고 '해야 하니까?' 지금 시대가 어떤 시댄데 그런 말을 하는 거냐고 따져 묻자 윤서는 지금이 어떤 시대냐 묻는다. 지금은 비혼 시대라 말하려다 미쳤냐고 할 게 뻔해서 관두었다.

"다들 아이 때문에 직장 포기하는 거 힘들어하던데, 괜찮겠어?"

"내가 선택하는 거야, 포기하는 게 아니라."

"넌 생계 때문에 일하는 것도 아닌데 여태 공부한 거 아깝지 않아? 결혼하고 아이 때문에 일 관두는 여자들, 난 진짜 이해 안 되더라. 결혼하면 자기 인생 끝나는 거 아니잖아! "

내가 뱉은 말이었지만 날카로웠다. 윤서의 마음을 할퀴었을까 봐 눈치를 살폈다.

"인생이 끝나는 게 아니라, 인생을 새로 시작하는 거야. 그리고, 공부를 뭐 뽕 뽑으려고 하니? 좋은 배경을 갖추기 위해서 하는 거지. 그리고 그 배경은 결혼을 하기 위해 꼭 필요한 거고. 근데 아까부터 너 말을 좀 이상하게 한다? 나는 좋은 환경에서 아내로, 엄마로 안정적으로 사는 게 꿈이었어. 성공하고 싶어 하는 꿈은 멋있는 꿈이고, 애 낳고 집에서 살림하고 싶어 하는 내 꿈은 우습니? 사람은 누구나 안정 욕구가 있어. 더 좋은 환경에서 안정적으로 안전하게 살고 싶은 욕구. 평생 손을 잡아 줄 내 편이 있으면 좋겠다는 욕구. 그리고 너야말로 호준 씨도 결혼하기 좋은 조건이라서 만난 거잖아. 돈 잘 벌고 부모도 한국에 없어서 좋다며? 이제 와서 왜 망설이는 건데? 너는 뭐가 다르다고 생각해? 위선 떨지 마."

윤서는 프라하에서 사 왔다는 기념품들을 테이블 위에 신경질적으로 올려놓더니 그대로 나가 버렸다.

윤서의 말들이 따갑게 박혔다. 맞다. 위선이었다. 세상이 나의 이 복잡한 마음을 헤아려주지 않는다고, 나는 늘 피해자라고 생각했다. 그런데 아니었다. 가장 먼저 내 삶을 후려친 건 나였다. 윤서가 타는 고급 외제 차, 명품 가장, 가진 자가 풍기는 여유만만한 자태가 부러웠다. 남들과 완전히 다른 삶을 원하지 않으면서도, 남들과 다르게 살고 싶어 했다.

정신 차리자. 냉수 한 잔을 원샷하고 카페를 나섰다.

✦

집 앞, 골목 초입에 있는 '효봉식당'으로 들어간다. 무려 3년째 단골집. 미닫이로 된 낡은 샷시의 한쪽 문을 '끼익' 하고 밀어내면 바와 테이블이 기역자로 놓인 아담한 공간이 열린다. 저녁을 먹긴 해야겠고, 혼자 먹긴 싫고, 그렇다고 친구와 약속을 잡아 만나기는 번거로운 날. 배달 음식은 쓰레기 처리도 힘들고 양이 많아 부담스러운 그런 밤에 '효봉식당'을 찾는다. 단단한 오동나무가 짙고 붉은색으로 견고하게 칠해진 테이블은 기껏해야 여섯 명쯤 앉을 수 있다. 오늘도 서너 명이 자리를 채우고 있고 그중 한 자리를 내가 차지해 앉았다. 호준의 프러포즈, 황 과장의 갑질, 윤서와 말다툼까지…. 이런 나를 위로해 주는 건 소맥뿐이다!

"사장님, 나 늘 먹던 거로요."

"소주, 맥주 한 병씩?"

사장님은 소리 나지 않는 눈처럼, 소복소복 걸어 다니며 조용히 음식을 만든다. 그리고 그의 뒤통수에 대고 나는 주절주

절 하루를 토로한다.

"제가 있죠, 며칠 전에 거래처 사장을 만났거덩요? 저더러 글쎄 집에 돈이 없으면 시집이나 가는 게 좋을 거래요. 여자들이 왜 이 나이 되면 다들 도망치듯 우르르 결혼하는지 알겠다니까요. 잔소리가 지긋지긋해서 가는 거예요! "

"맛있게 먹고 기분 풀어."

한참 열변을 토하는 데 사장님이 접시를 내온다. 이래서 효봉식당을 좋아한다. 대나무 숲 같아서. 어떤 말을 해도 대나무 스치는 소리, 눈 내리는 소리에 묻히는 기분이랄까. 오일로 잘 코팅된 파스타면 위로 잘게 다진 돼지고기와 으깬 토마토를 볶아 끓인 소스를 쏟아 부은 파스타 한 그릇과 바게트 빵, 그리고 소주 한 병, 맥주 한 병이 내 앞에 놓인다. 포크에 소스 듬뿍 묻힌 면을 돌돌 말아 입에 넣고 두세 번쯤 오물거린 뒤 털어 넣는 소주의 맛은 감히 말하되 이것은 위로의 맛, 힐링의 맛, 치유의 맛이다.

"요즘 누가 그렇게 도망치듯 결혼하나? 조선시대도 아니고."

응? 지금 나한테 한 말이야? 한껏 구긴 미간을 하고 고개를 돌려 보니, 테이블의 끝자락에 앉은 남자가 손으로 스파게티를 집어 먹고 손가락을 쭉 빨며 말했다. 사장님은 평온하게 남자를 향해 웃으며 말했다.

"맞아, 여긴 조선시대가 아니지, 그런데 석기시대도 아니란다. 21세기 서울이야. 그러니 도구를 좀 써."

"잔소리 때문에 결혼? 집에 돈이 없으면 시집이나 가라? 그걸 그냥 뒀어요? 확 들이받아 버려야지."

뭐야, 시비 거는 줄 알았는데, 내 편 든 거야? 사장님에게 목소리를 낮춰 물었다.

"사장님, 저 남자 뭐예요?"

"단골이야, 단골."

"내가 여기 단골 된 지 3년이 넘었는데 한 번도 못 본 사람인데?"

그런데 이 상황, 낯설지 않다. 후줄근한 저 행색도, 저 목소리도, 저 거지 같은 멘트도.

"나 알죠? 며칠 전에 위더스 예식장."

"아… 영원한 사랑?"

사장님은 제 할 일을 하면서 한마디 거들었다.

"정식이가 한국이랑 인도를 왔다 갔다 해. 거기선 원래 손으로 먹잖아. 이상한 놈은 맞는데, 나쁜 놈은 아니야."

그는 제 소개가 마음에 드는지 고개를 끄덕이며 만족스러운 표정이다.

"잘 드시네요. 지난번에 예식장에선 통 안 먹더니."

잘 먹는다는 말이 퍽 마음에 든다. 나로 말하자면 세 자매 중 막내로, 음식 남기면 지옥 가서 천벌 받고 그동안 남긴 음식 지옥에서 먹어야 한다는 말을 철썩같이 믿어서는 아니고, 언제 또 이 음식을 먹게 될지 몰라 음식은 절대로 남기지 않는 사람이다. 적당히 가난한 집에서 세 자매 막내로 살면서 얼마나 치열하게 밥을 먹었겠는가. 매일 밥시간은 피 튀기는 투쟁의 현장이었다. 비엔나소시지는 아직도 개수를 헤아려 굽는다. 그러니까 그날은 평소답지 않았던 거라고 말해주었다.

"난 가난한 국가를 여행하면서 우리가 얼마나 음식들을 소비하고, 낭비하고 있는지 알게 됐어요. 그 이후로는 음식은 절대 넘치게 주문하지 않아요. 남기는 것도 싫어하고요. 뭐 그날 위더스 예식장에서의 일도 같은 맥락이라고 할 수 있죠."

내 접시에 있던 피자를 손으로 집어 먹은 일에 대한 변명치고 거창하긴 했으나, 남자에 대한 오해와 경계는 거두기로 했다. 그런데 이번엔 남자가 날 오해하기 시작했다.

"근데, 예식장도 그렇고 오늘도 그렇고… 혼술에 혼밥. 그쪽은 친구 없어요? 매번 혼자네요?"

"하, 저 치, 친구 많거든요!"

거짓말이다. 나는 거짓말은 잘 못 한다.

"아니, 많았죠! 결혼하고 다 떠나가서 문제지만…."

남자는 내 말에 작게 코웃음을 치더니 물었다.

"결혼하면 친구가 아닌 게 되나요?"

"점점 멀어지죠. 애까지 낳으면 더 만나기 힘들고. 만난다고 해도 관심사가 달라지니 할 말도 없고."

"그럼 나랑 친구 해요. 내가 평생 친구 해줄게."

알딸딸한 취기 때문인지 얼굴이 조금 붉어졌는지도 모르겠다. 그는 이어 말했다.

"난 비혼주의자거든요."

나도 모르게 웃음이 나왔다.

"왜 웃어요? 뭐가 이상해요? 지금은 비혼 시대 아닌가?"

우리 부모 세대는 결혼이 '필수'였다. 20대에 결혼하지 못하면 패배자 취급을 받았다. 그뿐인가, 결혼으로 가정을 이루었으면 이제는 아이를 낳고 길러야 정상이라고 했다. 이 중 하나라도 빼먹는 날엔 노처녀의 대명사 '삼순이'*처럼—나보다 다섯 살이나 어린, 고작 서른 살인 삼순이에게 노처녀 프레임을 씌우다니—루저 취급을 받던 시절이 있었다. 하지만 세상은 바뀌었다. 결혼 적령기의 남녀가 만나 웬만큼 사귀었다 싶으면 당연하듯 하는 결혼, 그 당연한 수순에 반기를 들고, 왜 결혼해야 하냐고 반문하는 인류가 출현했다. 결혼을 거부하는 이 땅의 미운 우리 새끼들을 칭하는 그 이름은 바로 비혼주의자. 과거의 독신주의는 비혼주의라는 말로 발전했다. 결혼 말고 동거를 외치는 관찰 예능 프로그램이 인기인데다, 회사에서 비혼식을 장려하거나, 유명 연예인들도 너 나 할 것 없이 비혼 선언을 한다. 말 그대로 지금은 비혼 시대다. 그런데 아이러니한 건, 정작 주변을 둘러보면 비혼은 없다. 누구나 다 '정상' 가족을 꿈꾸고, 저마다 제 짝을 만나 결혼을 하고 살아간다. 게다가 20대 비혼은 있지만, 노년에 이르기까지 잘 먹고 잘 사는 70대 비혼은 본 적이 없다.

"잘 사는 비혼이 없다는 건 누구 뇌피셜이에요? 결혼 안 하고 잘 사는 사람이 얼마나 많은데! 싱글이 혼자서 짠하게 짜장면 먹고, 외로운 거 감추려고 비싼 취미나 즐기는 척하고, 뭐 그런 이미지… 다 방송이 만들어 낸 허상이야, 요란하지 않아도 제 방식대로 잘 사는 사람이 더 많다니까?"

그건 비혼으로 살고자 하는 이들의 환상 아닌가? 친구, 가족이 하나 둘 떠나고, 그러고 나면 외롭고, 고독이 나인지 내가 고독인지 모를 정도의 경지가 되면 일생을 마감하는 것. 그것이 요즘 내가 상상하는 비혼인들의 최후였다.

"어디, 있으면 보여줘 봐요!"

"착한 사람 눈에만 보일걸?"

누구 놀려? 그런데 취기가 점점 오르자 멋진 비혼인 뿐 아니라 저승사자라도 보일 것 같다. 남자는 흥미로운 얼굴을 하고 이어 말했다.

"평생 혼자일까 봐 걱정돼요? 남들과 다른 선택을 한다고 손가락질 받는 게 두려운 게 아니고?"

글쎄, 두렵나? 아니, 누구나 두렵지 않을까? 한 치 앞도 모르는 이번 생은 우리 모두 처음이니까.

"그쪽은, 두렵지 않아요?"

"어차피 처음부터 가진 게 없었던 사람은 손가락질받는 일 따윈 두렵지 않아요."

자신은 '어떤 유형의 사람'이라며 성향과 취향을 확신하는 이들을 나는 늘 동경해왔다. 평범하게 자라야 한다, 남보다 많이도 적게도 말고 딱 남들처럼 살아야 한다는 부모님의 가르침 아래, 튀지 않으려고 늘 그렇게만 살았다. 하지만 이제 나는 달라졌다. 남들처럼 살 필요 없다. 나답게, 나다운 삶을 살자. 남들이 좋다는 남자 만나봐야 나에게로 와 꽃이 될망정 똥이 될 뿐이었고, 남들이 좋다는 직장에선 나는 소모품일 뿐이었으니.

"근데 그쪽은 왜 비혼 해요?"

내가 물었다. 남자는 그냥 이유가 뭐 중요하냐며 대수롭지 않게 말하고. 소주를 삼켰다. 찰나 그의 표정은 형언하기 힘든 복잡한 얼굴이 되었다. 슬픔인 것 같기도 하고, 상실인 것 같기도 한. 그에게 무슨 사연이 있는 걸까 궁금했지만 묻지 않기로 했다. 남자의 사연을 캐묻는 대신, 내 안의 질문에 '해야 한다.'에서 '해야 할까?'로. 마침표에서 물음표로 기호 하나를 바꿔 보기로 했다.

02

헤어질 결심

"오랜만에 여행 가자, 다운 씨."

출장에서 돌아온 호준이 리조트를 예약했다. 그런데 하필 남해의 럭셔리 리조트, 게다가 우리 집 대 명절인 김옥경 씨의 생일잔치 전날이라니. 호준은 우연을 들먹이며 다음 날 본가에 데려다주겠다고 했다. 그러면서 자연스럽게 부모님께 인사를 하면 어떻겠느냐는 말을 덧붙였다.

호준은 정해진 시간에, 정해진 일을 하는 걸 좋아한다. 그는 정확히 6시까지 회사에서 업무를 하고, 퇴근 후에는 수영을, 예측 가능한 주식에 투자를 한다. 정해진 요일에만 데이트를 할 정도로 계획적인 타입이다. MBTI로 따지자면 파워 대문자 J. 그런 사람이 급 여행을, 그것도 내 고향 집이 있는 남해로? 그럴 리가.

그는 자연스럽게 프러포즈의 다음 스텝을 밟기 위해 즉흥을 가장한 여행을 계획한 게 분명했다.

머리가 지끈거렸다. 미국에 있는 가족 얘기를 자주 하는 호준에 반해, 나는 가족 이야기를 한 적이 거의 없었다. 숨길 건 없지만 그렇다고 자랑할 만한 것도 없는 나의 본(born)은, 남해군 삼동면 노상리에 있었다. 내가 다섯 살 때 아빠는 할아버지에게 물려받은 참치 공장이 폭삭 망하자, 겨우 얼마를 건져 2층 주택 하나를 매입했다. 해안가에 있는 빨간 벽돌 주택의 1층은 세 자매 슈퍼, 2층은 다섯 식구의 보금자리가 되었다.

호준에겐 부모님이 마트를 운영 중이라 말했지만, 생필품부터 담배, 낚시용품, 말린 생선, 개밥까지 온갖 잡동사니를 다 파는 동네 슈퍼마켓이다. 엄마는 슈퍼에서 팔 생선이며 빨간 고추, 콩비지를 거실에서 말리거나 묵힌다. 현관문을 열자마자 쏟아져 나오는 비릿한 반건조 생선 냄새와 쌍벽을 이루는 메주 냄새. 그리고 이불에 밴 매운 고추 냄새를 호준에게 어떻게 설명해야 할까. 호준이 각종 발효 식품의 냄새를 맡으면 어떤 표정을 지을지, 불쾌해하는 호준의 얼굴을 보면 난 어떻게 반응해야 할지⋯. 호주산 와인을 즐겨 마시고 골프가 취미라는 호준의 부모와 나의 부모가 마주 앉아 상견례를 하는 상상까지 이어지자, 아찔해져 왔다. 집안 꼬라지가 창피하기도 하고, 그걸 창피해하는 내가 또 창피하다.

　결혼의 필수 과정으로 여겨지는 가족과 가족의 만남과 화합, 그것을 생략할 수는 없을까? 시어머니에겐 꽃, 시아버지에겐 골프용품 따위의 선물을 사서 인사를 하러 가는 일. 그들의 마음에 들기 위해 "과일은 제가 깎을게요~" 하며 예쁨을 떠는 부자연스러운 효도는 각자 셀프로 하고, 딸을 가졌다는 이유만으로 나의 부모가 허리를 숙이는 이 촌스러운 이벤트들을 정녕 없앨 수는 없는 걸까?

　응, 없어. 꿈 깨!

　여행 당일, 호준은 정확히 아침 10시에 내 집 앞에 도착했다. 우리는 남해로 가는 4시간 동안 음악을 듣고, 그동안의 일상에 대해서 소소한 대화를 나누었다. 새로 사귄 친구에 대해서 말을 할까 하다가 관두었고, 여전한 황 과장의 갑질과 호준의 출장 이야기를 조금 했다. 호준은 슬쩍 내 손가락을 훔쳐봤지만, 비어 있는 약지에 대해 별다른 말은 하지 않았다. 가족 모임에 호준을 데려갈까 고민했지만 아무래도 내키지 않아 관두었다.

리조트는 고급스러웠다. 입구에서부터 프런트로 올라가는 길이 서행으로 10분은 족히 걸릴 정도로 넓은 부지에, 건물은 호화스러웠다. 로비의 통창으로 시원한 남해가 펼쳐져 있다. 어릴 때 매일 보던 그 바다가 맞나 싶을 정도로 파랗고 반짝이는 윤슬이 눈부셨다.

체크인을 하고 조금 쉬기로 했다. 호준이 가벼운 옷으로 갈아입고 내 옆으로 누워 자연스럽게 허리를 감쌌는데 영 기분이 내키질 않았다.

"미안, 피곤해."

호준은 서운한 표정을 잠깐 짓더니 소파로 갔다. 그는 골프 채널을 이리저리 돌리다가 곧 잠에 빠졌다. 나는 왜 하룻밤에 백만 원이나 하는 고급 리조트에 여행을 와서 이런 불편함을 느끼고 있는 걸까? 해 질 녘이 되어 예약해둔 디너 코스를 먹으러 1층 별관에 있는 레스토랑으로 내려갔다. 양송이 수프, 샐러드, 스테이크로 이어진 코스 동안 접시를 대부분 비우지 못하자 호준이 물었다.

"입에 안 맞아? 아까부터 통 먹지도 못하고. 왜 그래?"

조금 돌려 말할까 했는데, 뼛속부터 경상도 사람인 내게 그런 재주는 없다.

"호준 씨, 있지… 우리 결혼하지 말고 지금처럼 연애만 하는 거, 어때?"

피할 수 있다면 영원히 피하고 싶지만, 더 피할 수만은 없는 노릇. 윤서의 말처럼, 아니라면 빨리 놔 줘야지. 기다림에 지치는 마음, 애가 타 잿더미가 되어 버리는 그 마음, 누구보다 잘 안다. 하지만 그 마음을 안다고 해서 인생을 건 결혼을 덜컥 할 수는 없지 않은가.

프러포즈 반지가 들어 있는 반지 케이스를 테이블 위로 밀어냈다. 호준은 차가운 눈으로 반지를 내려다보며 차분하게 물었다.

"무슨 말이야?"

"말 그대로야. 결혼하지 말고 지금처럼 연애하자. 나는 호준 씨 믿고, 호준 씨도 나 믿고. 우리 서로 좋아하잖아. 지금이 난 너무 좋아."

"왜 그러는데? 비혼이란 말 없었잖아. 다운 씨도 결혼 생각 있다고 해서 우리 진지하게 만난 거 아닌가?"

"비혼 그런 건 아니야…."

"여자들, 갑자기 결혼한다고 생각하면 마음이 뒤숭숭하고 그렇다던데… 그런 거야?"

"지금이 좋아서 그래, 달라지고 싶지 않아."

"연애하듯 살면 돼, 달라질 것 없어."

"왜 그렇게 쉽게 말해? 분명히 모든 게 달라질 거야."

호준은 다 준비된 남자다. 그는 태어나자마자 돈을 쓰는 속도보다 버는 속도가 더 빠른 부모와 창을 열면 하늘과 나무가 보이는 아름다운 주택을 가졌다. 영어로 옹알이를 했고, 모국어는 테니스처럼 취미로 학습하는 삶을 살았다. 보장된 엘리트 코스를 밟고, 모국에 대한 호기심을 안고 오게 된 한국에서는 신축 주상복합 아파트에서 출발했다. 호준의 미래는 그의 어려움 없는 성장처럼 당연하게 보장되어 있으니, 남해의 작은 보건소에서 눈을 뜬, 가진 거라곤 까맣고 숱 많은 머리카락뿐이었던 나의 삶을 호준이 알 리 없었다.

그와 달리 나는 평범해지기 위해서 안간힘을 써야 했고, 아무것도 없는 허공에 꿈을 쌓아 여기까지 왔다. 읍·면·리에서 특별시로, 지하에서 지상으로, 그저 남들처럼 사는 걸 목표로 삼았었다. 변화라는 것이 삶을 송두리째 바꾸고 바닥까지 맥없이 추락해 버릴 수 있다고, 호준은 절대 상상할 수 없을 테지.

물론 종국에는 결혼을 해야 한다고 생각했기에 좋은 조건을 가진 호준을 선택했다. 누구 말처럼 내 주제에 이만한 남자를 언제 또 만나게 될지 알 수 없다. 호준과 결혼을 하면 익스프레스 급행열차를 타고 종착지로 가는 거다. 가난의 대물림을 끊어 낼 좋은 기회, 흔들리지 않는다면 거짓말이다. 하지만 그의 준비된 인생에 나의 인생을 몽땅 실어 떠나고 싶은 생각은 없었다.

 평소답지 않게 떼를 쓰는 나를 어떻게든 설득해 보려는 호준이 점점 언성을 높였다.

 "결혼하게 되면 생활은 당연히 달라지겠지. 지금처럼 언제까지고 똑같이 살 수는 없잖아. 도대체 뭐가 그렇게 겁나는 건데! 답답하게 그러지 말고 솔직하게 말을 해 봐."

 호준은 힐끔거리는 다른 손님들의 시선을 의식하며 목소리를 낮춰 말을 이었다.

 "나는 이제 가족을 만들고 싶어. 우리 부모님처럼 서로 힘들 때 기대어 가면서 따뜻한 가정 속에서 행복하고 싶다고. 힘들면 내가 도와줄 수 있어, 지금보다 훨씬 더 좋은 환경에서 살게 해 줄 수도 있고…."

"그런 말이 아니잖아. 누가 도와 달래? 내 일은 내가 알아서 해…."

자존심이 상했다. 평정심을 찾으려 애썼지만, 자꾸 가슴에 맺힌 열등감이 울컥하고 터져 나올 것만 같았다.

"왜 꼭 결혼이어야 해? 그냥 연애만 하자. 사랑만 하자. 지금처럼."

"나는 결혼이어야 해. 결혼해서 안정적으로 사회생활 하고 싶어. 아이도 낳고 싶어. 좋은 남편이 되고 싶고, 좋은 아빠가 되고 싶어. 내가 다해 줄 수 있어. 내가 다 준비되었다는데, 하… 뭐가 문제야 도대체…."

호준은 차분하되 간절하게 말했다.

그가 말하는 자신의 안정적인 사회생활과 편안한 가정을 이루기 위해서, 내가 무엇을 포기해야 하는지 잘 알고 있다. 그것은 대한민국에서 여자로 살며 평생을 체득하고 학습한, 본능적인 깨달음이었다.

"미안하지만 호준 씨. 호준 씨가 다 해주는 거 나 바라지 않아. 누가 다 해주는 거 말고, 내 인생은 내가 책임지고 싶어."

그제야 이 불편함이 어떤 종류의 것인지 조금 알 것 같았다.

무게중심이 맞지 않아 늘 한쪽이 가라앉은 시소처럼, 한쪽으로 핸들이 휜 자전거처럼 우리 사이는 곧 붕괴할 듯 아슬아슬했다. 하고 싶은 말을 속으로만 삼킨 채 사랑을 연기했다. 그러다 균열이 생기고, 그 틈이 점차 벌어져 결국 무너져 내린 것이다.

그러는 사이 종업원이 빈 접시를 치우고 디저트를 내어 왔다. 핑크색 셔벗은 예쁜 유리 접시에 눈사람 모양을 하고 있었다. 호준이 말했다.

"그럼 기다릴게. 일 년쯤 뒤는 어때?"

"일 년 뒤에도 결혼하기 싫으면?"

대화는 역시 또 원점이었다. 매사 합리적이던 그는 어디 가고, 오늘만큼은 양보란 게 없었다. 날이 선 목소리, 웃음기가 사라진 입매, 미세하게 꿈틀대던 그의 눈썹까지…. 새삼 다른 사람처럼 낯설었다.

"다운 씨, 정말 이기적이다. 어떻게 자기 생각만 해? 어떻게 하나도 양보를 안 해!"

우리는 서로의 입장에 열을 올렸다. 옆 테이블 손님들은 흘끔거리기 시작했고 종업원이 다가와 죄송하지만, 언성을 조금만 낮춰 달라 부탁하고 갔다. 데시벨을 30프로 낮췄지만, 여전히 말투에는 날카로움이 가득했다. 디저트로 나온 셔벗은 태초에 형태를 알 수 없을 정도로 녹아 버렸다. 마치 인체에 해로운 물감을 풀어 놓은 액체 같았다.

"넌 뭐가 이렇게 다 복잡하고 어렵니, 남들은 다 그렇게 살아. 대단한 사명감이나 책임감 같은 거로 결혼하는 건 아니야. 해야 하니까 하는 거지."

"그러니까⋯ 난 그러고 싶지 않다는 말이야."

"네 말은 연애는 하고 싶고, 결혼은 하고 싶지 않다는 거야? 그게 말이 돼?"

"나도 알아, 지금 내가 하는 말, 모두 최악인 거. 그런데 호준씨도 마찬가지야. 이렇게까지 내가 불편하고 싫다는데 꼭 해야겠어?"

"나는 해야겠어. 결혼 생각이 없었다면 처음부터 당신 만나지도 않았어."

그래, 나도 호준이 비혼주의자였다면 애초에 만나지 않았을 거다. 그런데 문득 이 사람과 결혼을 빼면 뭐가 남을까 생각하자, 그와 나 사이엔 아무것도 남지 않았다. 그는 내가 아니라도 괜찮을 테니까. 호준은 아마 내가 아니더라도 적당히 착하고 온

순한 여자를 아내로 맞이하여 아이를 낳고, 그 아이는 호준처럼 준비된 사람으로 자라나게 되겠지. 그런 생각이 들자 더욱 또렷한 결심이 섰다.

"우리 헤어지자."

호준은 헤어지자는 말에 아무런 말도 하지 않았다.

나는 평생을 양보하면서 살았다. 딸 둘 있는 집에서 또 딸로 태어나 귀하게 자라지 못했다. 자라면서 새 옷을 입어 본 적도 없고, 치킨의 닭 다리 한 번 집어 본 적 없다. 할머니는 나를 늘 없어야 할 사람 취급했고, 다른 가족들도 별반 다르지 않았다. 그렇게 난 특별함과 늘 거리가 멀었다. 아빠, 엄마는 언니들 시집 보내느라 적금통장을 해약했고, '막내는 꼭 돈 많은 남자를 만나 시집가라'는 무언의 압박을 하며 매번 나의 통장 두께를 신경 썼다. 평생 세 번째로 살며, 항상 나보다 남을 먼저 생각했다. 자신을 먼저 아낀 적 없었다. 내게 미안한 마음이 들어왔다. 이제는 나를 위해서만 살고 싶다. 이기적이라 욕해도 좋다. 호준의 인생을 위해서 내 인생을 양보할 수는 없다. 나는 남편이 아닌 내 편이 필요하니까.

호준을 두고 레스토랑에서 나왔다. 내가 선택한 이별이라 마음 놓고 울지도 못하고 금방이라도 터질 것 같은 울음을 꾹 참았다. 리조트에서 정갈히 조성해 놓은 산책로를 걸으며 생각했다. 내가 왜 결혼을 망설이는지, 윤서의 꿈이 좋은 아내와 엄마가 되는 일이었다는 걸 잘 아는데도 왜 진심으로 축하해 주지 못했는지, 왜 나를 위해 다해 주겠다는 남자에게 기어코 이별을 말했는지를. 나는 예감하고 있었던 거다. 나 역시 결혼을 하면 자발적으로 역할에 충실하며 살리라는 것을.

누군가의 아내와 엄마가 되어 안간힘을 쓰고, 수많은 역할에 치이다 결국에는 일을 먼저 포기하게 될까 봐 두렵다. 내가 나의 일을 잃고, 꿈을 잊고, 나다운 내 이름을 지우고, 아이의 엄마, 사랑하는 이의 아내로만 사는 게. 평생을 자신의 이름이 아닌, 가족을 위해서만 살아온 나의 부모와 내가… 다르지 않다는 걸 증명하게 될까 봐.

리조트 룸 현관을 열자, 짐을 챙긴 호준이 서 있었다.

"그래, 그러자. 헤어지자. 더는 다운 씨를 나쁜 사람으로 만드는 거 싫으니까, 나도 내 행복 찾을게."

호준은 시뻘게진 눈을 문지르며 나를 지나쳐 갔다. 그가 나간 뒤 굳게 닫힌 현관문에 대고 낮게 읊조렸다.

"미안…."

우리는 그렇게 마지막 인사를 했다.

비혼엔딩

전격 비혼 발표

　엄마와 아빠는 큰언니가 태어난 해이자, 송골매가 '어쩌다 마주친 그대'로 대히트를 친 1982년에 결혼했다. 아빠는 결혼 전, 대학가요제로 데뷔하리라는 원대한 꿈을 품고 있었다. 1981년에 송골매의 두 멤버가 탈퇴를 하면서 배철수가 새로운 멤버를 물색하고 다녔는데, 결혼만 아니었더라면 자신이 그 주인공 자리를 꿰찼을 거라는 말을 돌림 노래 수준으로 하고 다녔다. 믿거나 말거나.

　아빠와 엄마는 서로에게 첫눈에 반해 결혼했다. 하지만 셋째인 내가 태어날 때까지도 아빠는 인생과 낭만을 논하며 밴드 친구들과 어울려 다녔다. 그럴 동안 엄마는 독박 육아와 가사에 치여 생과 사를 오가다 1990년, 셋째인 내가 태어나자 젖먹

이인 날 안방에 눕혀 놓고 사라졌다. 스물여덟의 옥경이는 철없는 예술가 옆에서 평생 고생할 수 없다고 생각해 가출을 감행했다. 어린 젖먹이를 떼 놓고 가는 마음이 오죽했겠느냐마는, 모성애고 나발이고 외할머니가 너무 보고 싶었단다.

 아빠는 엄마를 데리러 외할머니 집에 갔다가, 엄청 두들겨 맞았단다. 빗자루로 질리도록 맞으면서 아빠는 새로 태어났다고 표현했다. 장모님 말처럼 초봄의 복숭아꽃처럼 앳된 옥경이를 데려다 애를 셋씩이나 낳게 하고 제대로 돌봐 주지 않은 썩을 놈. 대학가요제 예선도 한 번 못 넘겨 보고 졸업하게 된 패배자. 일이 이렇게 된 건 모두 다 본인이 모자란 탓이니 꿈, 그까짓 것 다 포기하고 앞으로는 옥경이의 남편으로, 세 딸의 아빠로만 살겠다고 다짐했다나. 이후로 아빠는 기타를 팔아치우고 고향이었던 남해로 내려가 가업을 물려받았다. 뭐, 결국 호기롭게 물려받은 참치 공장도 일 년도 채 안 돼 망해 버렸지만.

✦

 퇴실 시간에 맞춰 로비로 내려왔다. 프런트에서 택시를 불러 타고 집으로 갔다. 택시에서 내리는 걸 엄마가 보면 돈 헤프게 쓴다고 등짝을 두들겨 맞을 게 뻔해서 일부러 버스정류장에서 내려 집까지 걸었다.

 현관문을 열고 들어가자 거실에는 이미 김옥경 씨의 예순두 번째 생일상이 상다리 부서지게 차려져 있다. 우리 가족은 명절이나 제사보다 엄마 생일을 더 끔찍이 챙기는데, 그건 아빠가 엄마를 전통이나 조상보다 더 중히 여기기 때문이다. 요리 똥 손 막내딸은 느지막이 숟가락만 얹었다. 요리의 완성은 폭풍 리액션에 있다고 누가 그러지 않았나?

 가족이 한자리에 모이면 관심은 온통 막내인 내게 쏠린다. 만나는 사람은 어떤지, 언제쯤 결혼 소식을 알릴지, 사업하며 돈은 얼마나 모았는지. 뉴스에서 종종 보는 국회 청문회 같은 분위기로, 마치 돈 맡겨 놓은 사람처럼 추궁하곤 했다.

 아마도 가족 중심 문화의 마지막 세대 일 우리 가족은 '우리 가족 병'에 걸려 있다. 결정사'에서 평가하는 기준으로 본다면 "1. 삼십 대 중반. 2. 말이 좋아 사업자 대표지만, 소상공인, 더 냉정히 말해 보자면 비정규직. 3. 전세자금과 사무실 보증금으로 쓴 빚이 2억." 등급 중 최하위 조건이지만, 막내가 여전히 괜찮은 아가씨라고 착각하는 '망상'이 우리 가족 병의 대표 증상이다.

오랜만에 먹는 '옥경' 표 잡채에 감동하며 라면 먹듯 잡채를 먹고 있는데 엄마가 청문회 포문을 열었다.

"맛있나?"

"응. 갈 때 이거 좀 싸 줘."

"너는 사촌이 먼저 결혼하는데 배도 안 아프니?"

"응. 안 아파."

"니가 뭐가 모자라서!"

나 많이 모자라…. 하려다 말을 아꼈다. 보나 마나 엄마는 윤서가 먼저 결혼을 한 게 배가 아픈 거다. 딸을 둘이나 결혼시키고도 배가 아프다니. 내가 결혼을 하면? 윤서는 출산을 할 거고, 내가 출산을 하면? 또 윤서의 애는 먼저 걷겠지. 걔는 말을 한다더라, 걔는 공부를 잘한다더라, 어느 학교를 들어갔다더라…. 그놈의 자격지심에 끝이 있긴 하는지.

다음은 큰언니 차례.

"미국에서 살다 온 남자랑 사귄다더니, 왜 다른 소식이 없어?"

큰언니는 엄마의 역할을 모두 역임한 실세다. 첫 딸이므로 엄마의 사고방식을 그대로 이어받았고, 본능적으로 엄마의 생각과 감정을 읽는 능력까지 갖추었다. 엄마가 하고 싶은 말을 귀신같이 알아채 대신 전한다.

"남자가 결혼하자고 안 하나 보지?"

큰 형부가 쐐기를 박는다. 남해에서 시외버스 사업을 하는 큰 형부는 동네 유지다. 남해에서 제일가는 부자의 손주로 태어났는데 서울이었으면 삼성 이건희 회장 장남 같은 거라고 자기 입으로 말하고 다닌다. 상대방의 기분을 고려하지 않고 제 할 말을 하는 건 큰 형부 특유의 공산주의적 화법인데, 큰언니는 그런 화법이 박력 있어 보여서 결혼을 결심했다고 했다. 역시 지 팔자는 지가 꼰다.

"나 헤어졌어."

"뭐어? 왜! 말 좀 해 봐, 응? 왜 헤어졌는데?"

작은언니는 나씨 집안의 리액션을 담당한다. 언니는 인문계

열 학교를 졸업하고 중소기업에서 사무직을 하다가, 결혼 후 조카 둘을 낳고 복직하지 못했다.

"그냥, 결혼을 꼭 해야 하나 싶어서."

"우리 처제, 서울에서 출세해서 골드 미스 된 거야? 여배우들처럼! 으허허."

싸한 분위기 속에서 박수까지 치며 좋아하는 눈치 없는 둘째 형부. 평범하게 공부하고 평범하게 자라 9급 공무원으로 중간의 삶을 살다가, 평범한 중간 딸과 선을 봐서 결혼해 중간쯤의 무난한 인생을 살아가는 남자다. 평범하기 위해 태어난 것 같은 형부는 특별히 의견은 없고, 취향이랄 것도 없어서 가족 중에서 유일하게 내 편이다.

"여보!"

작은언니가 작은 형부의 옷자락을 잡아당겨 입을 틀어막았다.

"어이구, 동서 철없는 소리 하네. 요즘 비혼, 그거, 사회 문제야. 젊은 아가씨들이 결혼도 안 하고 애도 안 낳으려고 해. 자기들 좋은 거, 연애만 하고 책임지는 건 안 하려고 하는 거지! 문제야, 문제. 대한민국 출산율이 지금 얼마나 저조한 줄 알아? 나라를 위해서라도 젊은 처녀, 총각들 얼른 결혼하고 책임지고 애 낳아서 국가에 이바지해야 된다고. 지금 국력이 얼마나 약해진 줄 알아? 전쟁 나면 다 죽는 거야!"

혹시 큰 형부는 옥순 이모와 같이 중앙정부의 지령을 받은 특수요원인 걸까? 나는 정부의 병력생산을 위한 저출산 대책에서 가임기간이 얼마 남지 않은 특별 관리 대상으로 찍힌 걸지도 모른다. 하지만 굴하지 않겠다. 나라가 아무리 중해도, 내가 살고 봐야지. 국민이 있어야 국가가 존재하는 법.

"형부, 결혼이 곧 출산이라는 논리가 얼마나 촌스러운 건지는 아시죠?"

큰 형부는 내 말에 뒷목을 잡았다. 끝판 대장인 엄마가 재등판했다.

"니 나이가 몇인데, 결혼을 하네 마네 하고 있어! 너 서른다섯이야, 서른다섯!"

질 수 없다. 벌떡 일어나 샤우팅하기. 막내도 반란 같은 거 할 줄 안다 이거야! 원래 청문회란 누구 하나 자리 박차고 일어나는 클라이맥스가 꿀잼이다.

"서른다섯이 어때서!"

"야! 나도 빨리 너를 해치워야 편하게 살 거 아니야!"

"내가 짐짝이야? 해치우게? 내가 엄마한테 용돈을 달래, 아님 삼시 세끼 밥을 해 달래? 엄만 이모 딸이 부잣집에 시집가서 배 아파 죽겠지? 그래서 나한테 이러는 거지? 그럼 나도 부잣집에서 태어나게 해 줬어야지! 나라고 윤서가 안 부러운 줄 알아? 하고 싶은 거 다 하고 살고, 옷도 맨날 새 옷 입고! 내가 왜 이렇게 치열하게 사는데, 내가 왜 결혼 생각만 하면 마음이 쪼그라드는데! 이게 다 누구 때문인데? 제발 부탁인데, 각자 열등감은 각자가 좀 해결해, 엄마 열등감을 왜 나한테 해소하려고 하냔 말이야, 왜애! "

 살벌해진 분위기, 조용하던 아빠가 제 엄마 잡아먹으려 눈을 부라리는 내게 드디어 한마디 했다.

 "다운아, 엄마한테 말 너무 못되게 하지 마라."

 아빠는 잘 먹지도 못하는 소주를 한입에 털어 넣었다.

 프러포즈도 모자라 엄마의 생일까지 완벽하게 망쳤다. 급하게 외투를 챙겨 현관문을 열고 나가며 소리쳤다.

 "나 이제 비혼주의자야! 그렇게들 알어! "

 선택받지 못한 채로 나이 드는 게 나을지도 모른다. 그러면 최소한 동정이라도 받을 테니까. 서른다섯, 주체적으로 인생을 선택하려 하면 나대지 말라고 손가락질만 받을 뿐이다. 기혼자로서 가정을 이루며 나이가 들어가는 것은 당연한 결과이고, 미혼인 채로 나이 드는 건 부모뿐 아니라 국가에 대한 반항으로 여긴다. 하지만 나는 말하고 싶다. 아침에 눈을 떠 눈을 감는 매 순간을 셀프로 책임지기 위해 얼마나 고군분투하며 사는지, 자기 삶의 가장이 되어 스스로 삶을 꾸리며 나이 드는 것 역시 만만찮은 일이라고.

왜 결혼하고 싶어 하지 않니? 왜 프러포즈를 받고 기뻐하지 않는 거니? 왜 망설이는 거니? 내가 듣는 질문들은 하나같이 똑같은데 하고 싶은 대답은 다양하고 복잡해서, 어디서부터 어떻게 시작해야 할지 몰랐다. 그런데 홧김에 비혼 발표를 하자 해방감이 드는 동시에 내가 원하는 삶이 어떤 삶인지 알 것 같았다.

세상이 정해 놓은 기준을 한 번도 의심한 적 없었는데 이젠 그 기준을 허물어야겠다고 생각한다. 내 기준은 내가 만들고, 어디에서도 대체할 수 없는 사람이 되어야겠다 다짐한다. 그 누구도 아닌, 나다운 사람으로 살겠다고.

✦

  반복되는 야근으로 인해 이별의 슬픔을 느낄 새도 없이 감정은 자연스럽게 아물었다. 드라마 주인공처럼 이별 후 술을 왕창 퍼마시고 처음 만난 남자와 섹스를 하거나, 해변에서 전 남친의 사진을 북북 찢어 바닷바람에 날려 보내고 싶지만 현실은 어림없다. 꼬박꼬박 출근해서 황 과장의 성희롱을 한 귀로 듣고 한 귀로 흘리며, 작업료를 수금하기 위해 안부를 가장한 독촉 전화를 돌려야 하거든.

  '잘 잤어? 오늘 날씨가 좋아.'

  정확히 같은 시간에 오던 안부 메시지가 끊어졌다. 비가 오거나 날이 흐리거나, 춥거나 더울 때도 일기 예보보다 먼저 도착하던 호준의 메시지. 덕분에 비를 맞지도, 추위에 떨지도 않았다. 그와 헤어진 후 종종 우산을 챙기지 못해 비를 맞으며 이별을 실감했다. 서로의 바닥을 드러내고 파국으로 치닫는 것만이 이별인 줄 알았는데, 이토록 차분한 이별이라니.

  내게 사랑은 가난이었다. 갈구하고 매달리고 갈망하는 것,

하지만 그와 사랑하는 동안 한 번도 배곯은 적이 없었다. 그는 내가 달라는 만큼 관심을 충분히 줬고, 되레 넘치게 받았다. 나를 더 붙잡지 않은 것도 호준의 배려하는 방식이었다. 생각하면 할수록 그에게 감사하고 미안한 마음만 남았다.

  앞으로 호준만큼 나를 사랑해 줄 사람이 있을까? 이만큼 충만한 사랑을 받을 수 있을까? 혹시 이 사랑이 나의 마지막이라면? 나는 이대로 혼자 늙어 외로운 독거노인이 되는 걸까? 전국의 미혼여성들이 내가 놓친 남자를 서로 갖겠다고 환호하겠지. "이런 남자를 놓친 여자는 분명히 어디가 모자란 사람일 거야!" 하면서. 벌써 뒤통수가 싸하다. 하지만 다시 돌아간대도… 나는 같은 결정을 하리라.

나다운 삶

[픽다운]은 다양한 일을 한다. 기업 브랜드의 신제품 런칭 온·오프라인 이벤트를 기획 후 실행하고, 기업의 SNS 관리를 한다. 공식적으로는 그런데, 비공식적으로는 파티를 좋아하는 담당자의 생일파티, 단합을 강조하는 광고주의 체육대회 참가 등 불법만 아니라면 가리지 않고 하고 있다.

6년간 회사 소속 마케터로 일한 경험을 살려 호기롭게 창업 준비를 했다. 생전 처음으로 예상 수입을 더하고, 인건비, 유지비를 빼며 한껏 불안에 떨기도 했다. 가족들은 멀쩡한 회사를 때려치우고 무슨 멍청한 짓을 하느냐고 했지만 들은 체 만 체했다. 삼십 대는 애매한 나이라고 다들 말하지만, 청춘이라는 핑계로 무모하게 살아볼 수 있는 마지막 시기라고 생각했다. 이전과 다르게 살기 위해선 불안의 허들을 넘어야 했고, 설령 위험하대도 괜찮을 것 같았다. 그렇게 [픽다운]을 창업했다.

창업의 장단점은 심플하고 분명했다. 장점, 일을 한 만큼 돈을 번다. 단점, 일이 없다. 처음 시작할 때만 해도 석 달간 수입이 0원이었다. 그때 김 선배와 찐이 함께 이겨 내주지 않았다면 아마 지금쯤 다시 조직문화 먹이사슬의 최하위계층으로 기어들어가 무기물 같은 존재로 살고 있겠지. 운명의 장난처럼 통장이 바닥을 보일 때쯤 기회가 생기기 시작했고, 스타트업의 최대 고비라는 1년을 무사히 넘겼다. 왜 신은 언제나 나에게 '딱 죽겠다!' 싶을 때쯤 구원의 손길을 내미는 걸까? 그렇지 않으면 인생을 만만하게 볼 것 같은가? 언젠가 신과 마주할 기회가 있다면 따져 묻겠다.

"거, 쉽게, 쉽게 갑시다, 좀!"

내가 방심한 걸 신이 눈치챘는지, 또다시 시련이 닥쳤다. 문제의 사건은 영우 기획의 체육대회가 있던 날 벌어졌다.

우리 셋은 새벽 5시부터 수원에 있는 연수원 강당에 모여 '세계로 뻗어나가는 영우 기획 전 직원 단합대회'라는 촌스러운 문구가 박힌 현수막을 걸고 '우수사원 상금 10,000,000원'이 적힌 판넬을 옮기면서 황 과장을 질경질경 씹고 있었다. 황 과장은 회사에 보는 눈이 많으니, 자신의 체면을 위해 픽다운 전 직원이 체육대회에 참석해 직접 운동장에 현수막을 달아 주면 좋겠다며 부탁 조로 협박했다. 뿐만 아니라 철수까지 마무리한 뒤, 막걸리에 편육까지 먹고 가라고 신신당부하듯 강요했다. 영우 기획은 S사의 전속 광고 대행사로 개인의 힘과 인맥으로는 따낼 수 없는 크고 글로벌한 일을 할 수 있게 해 주는 유일한 창구다. 우린 S사의 대행인 영우 기획의 대행, 즉 대대행. 갑을병정의 병이다. 그러니 오라면 오고, 가라면 가는 수밖에 없다.

연수원 강당에 현수막을 빼곡히 걸고, 체육대회는 막을 올렸다. 우리는 눈에 띄지 않는 구석에 앉아 이 지루한 이벤트가 빨리 끝나기만을 바라고 있었다. 젊은 남자 사원이 능숙하게 사회를 봤다. 첫 번째 이벤트로 분위기를 달궈 줄 장기자랑이 시작되었다. 신입 사원들의 아이돌 댄스 타임이다. 등산복을 입고 박수를 치며 관람하는 상사 군단들을 보며 나의 스물다섯을 떠올렸다. 누가 시키지도 않았는데 뭐라도 해내야 한다는 압박감 때문에 무모한 짓을 일삼던 10년 전. 몸치에 박치, 음치까지 다 가져 놓고 장기 하나 없는 신입은 뭐라도 해보라는 눈빛들에 떠밀려 "제 장기는…." 하며 소주 한 병을 원샷했다. 웃음소리와 함께 박수가 터져 나왔다. 흡족해하는 상사들의 웃음들은 아직도 꿈에 나오곤 했다.

남녀 혼합조의 아이돌 댄스는 한 사람이 무대에서 미끄러져 넘어지면서 절정으로 치달았다. 폭소를 터트리는 등산복 군단을 보자, 더 이상 그들의 무대를 웃으면서 보기 힘들었다.

"자, 이제 줄다리기를 시작하겠습니다. 기획1팀, 기획2팀 앞으로 나와 주세요! "

"아니, 무슨 오징어 게임도 아니고, 줄다리기가 웬 말?"

찐은 눈이 동그래져서는 물었다. 그때, 사회자의 목소리가 높아졌다.

"기획 2팀!　밀리고 있는데요. 기획 1팀 힘을 내셔야겠습니다. 여러분들은 큰 소리로 응원해 주세요!　영!　차!　영!　차!　어…어…. 넘어갑니다!　기획 1팀!　넘어가요! "

사회자가 큰 소리로 "넘어갑니다! " 하는 순간 황 과장이 속한 기획 1팀 열 명이 순식간에 도미노 쓰러지듯 와르르 무너졌다. 1팀이 무너지는 걸 보던 김 선배는 저기 좀 보라며 손가락으로 기획 1팀을 가리켰다.

"어휴, 황 과장 저, 진상! "

찐은 손에 들고 있던 종이컵을 쥐어짜듯 찌그러트렸고 잔에 들어 있던 막걸리가 넘쳐 손으로 쏟아졌다.

  뒤로 넘어진 황 과장은 여직원의 품에서 얼른 일어나지 않고 버둥대고 있었다. 남자 사원이 황 과장의 손을 잡아당겨 주자, 한쪽 팔로 여직원의 허벅다리를 짚었고 그녀는 불쾌한 얼굴을 하며 옷을 털며 일어났다.

  "씨…발…."

  여직원은 고개를 반대로 돌리고 작은 소리로 욕을 했는데 황 과장이 그 소릴 들었다. 돈만 밝히는 줄 알았는데 귀도 밝았다. "야, 너 지금 뭐라고 했어?" 하며 황 과장이 여직원을 향해 달려들었다. 여직원은 "아, 씨발. 적당히 좀 하라고! " 악에 받쳐 소리치고, 황 과장은 "너도 억울하면 내 거 만져! 어?"라고 여직원의 손목을 잡고 놔주질 않고…. 기획1팀의 줄다리기 일렬은 순식간에 아수라장이 되었다.

  '하… 참자… 참아….'

  그때, 나는 참았어야 했다. 사내 체육대회 현수막이나 걸어 주는 한낱 외주업체 자격으로 온 내가 나설 상황이 아니었기에, 못 본 척 눈을 꾹 감았다. 이런저런 더러운 꼴을 보고 참기만 하던 지난날들이 주마등처럼 스치며, 홀린 듯 눈이 떠졌다. 그때 마침, 게임을 위해 준비한 각종 공이 쌓인 바구니가 내 눈앞에 떡하니 놓여 있었다. 운명인가? 의도한 건 아니었다. 그저 의식의 흐름대로 배구공 하나를 손에 들고 체중을 실어 황 과장의 얼굴에 불꽃 슛을 쏘아 올렸다. 얼굴을 정통으로 맞은 황 과장은 그대로 발라당 넘어졌고, 시트콤처럼 황 과장의 얼굴에서 공이 탁 떨어지더니 쌍코피가 주르륵 흘렀다. 황 과장, 아웃!

나는 비장하게 걸어가 황 과장의 앞에서 말했다.

"따님 생각해서 적당히 좀 하시죠."

"기… 기획 1팀의 승리입니다! 축하드립니다! 기획 2팀은 아쉽게 되었네요. 자, 이제 정리해 주세요."

사회자는 신속하게 다음 순서로 진행을 서둘렀고, 반대쪽 기획 2팀은 그 자리를 빠져나갔다. 싸늘해진 분위기 속 황 과장은 내 얼굴을 향해 검지를 쑤셔대다가, 쌍욕을 하며 뒤로 물러섰다. 놀라서 따라 내려온 김 선배가 달려들어 나를 끌어냈다.

"와우… 우리 대표님, 리스펙!"

저 멀리 찐은 나를 향해 박수를 치고 있었다. 나중에 김 선배가 말하길, 피구왕 통키가 따로 없었다고 했다.

✦

 문제의 체육대회 며칠 후, 픽다운의 전 직원은 모처럼 회식을 하러 홍대에 모였다. 홍대 곱창 골목에서 가장 오래되고 유명하다는 집에서 곱창전골을 주문하고 그동안의 사건들을 김 선배와 찐에게 설명해 주었다.
 "황 과장, 잘렸대."
 "결국 그렇게 됐네. 잘된 건가?"
 체육대회가 끝난 직후, 여직원은 다른 직원들이 찍은 그 날의 동영상 및 증거 사진들과 함께 황 과장을 고발하는 글을 사내 게시판에 게재했다. 황 과장이 그간 여직원을 성희롱, 추행한 사실들과 업무시간에 나가서 술을 마시고, 업체에게 뒷돈을 받은 증거도 공개했다. 황 과장의 징계가 결정되기까지 진행하던 프로젝트는 모두 올스톱되었다.
 "다른 팀에서도 내가 곱게 보일 리가 없잖아. 다들 그동안 고생했는데, 미안해!"
 "거참, 고소하네! 언니 잘못한 거 하나 없어! 그 상황을 참고만 넘기는 대표였다면, 더 창피했을 거야."

"이참에 다른 일 찾으면 되지, 뭔 걱정이야!"

두 사람은 풀이 죽은 나를 격려했다. 평소라면 고무적인 그들의 격려가 퍽 힘이 되었을 테지만, 이번은 달랐다. 진상 클라이언트. 성희롱과 혐오 발언을 일삼던 태도에 치를 떨면서도 황 과장 덕분에 김 선배와 찐에게 월급을 줄 수 있었고, 대출 원금과 이자를 밀리지 않고 상환할 수 있었으며, 신용카드 연체 신세를 면한 게 사실이었다. 위기 상황에 봉착했음을 직감한 내 안의 불안 세포가 덜덜 떨고 있었다.

연애도, 일도, 가족도. 3년 동안 일궈 놓은 것들이 3일 만에 휘청인다. 스스로 선택하고 책임지는 삶에 따르는 무게가 무겁다는 사실을 또 한 번 소름 끼치게 체감하게 되니 자꾸 누군가에게 기대고 싶어진다. 선택을 미루고, 책임을 전가하고만 싶어진다. 마음이 얇아진다. 타인이 대신 결정하고, 현실에서 도망치고, 숨고, 회피하는 인생을 살아버리고 싶은 충동에 휩싸여 누구라도 붙잡고 하소연이라도 하고 싶다. 나 이제 어떻게 하냐고. 하지만 그럴 수 없다. 나는 스스로 책임지는 삶, 나다운 삶을 살기로 결심했으니까.

K 가족의 진화

프로젝트도 엎어진 마당에 픽다운의 이른 여름휴가를 선언했다. 찐은 귀여운 곱슬머리를 찾아 노래를 부르던 발리로 여행을 떠났고, 김 선배는 외모 경쟁력을 높이기 위해 성형을 한다나. 나? 나는 집에 틀어박혀 사흘째 세수를 안 했다. 당연히 머리도 안 감았다. 이건 머리카락인가 검은색 쑥떡인가 싶은데 그냥 외면하기로 했다. 거울? 안 보면 그만이다.

TV 채널을 무심히 돌리다 디즈니 명작 시리즈에 화면을 고정했다. 마침 신데렐라가 방영 중이었다. 공주가 왕자의 선택을 받아 결혼을 하고 이야기가 끝났다. 백마 탄 왕자를 만날 거란 기대, 남자가 나를 선택해 줘야 한다는 수동적 태도, 결혼이야말로 인생의 해피엔딩이라는 착각은 이런 비현실적인 만화를 보고 학습된 무의식의 결과일지 모른다. 다행히 요즘 동화는 발전했다. 시대가 바뀌며 공주 캐릭터도 성장했다. 21세기 공주는 주체적으로 살기 위해 안간힘 쓰고, 전통과 맞선다. 왕자도 공주의 이런 독립적인 모습에 반하게 된다. 로맨스의 엔딩 공식이 결혼이었던 시대가 끝났다. 더 이상 결혼이 해피엔딩이 아닌 시대가 도래한 것이다. 공주 놀이는 딱 하루뿐, 진짜 현실은 이제부터 시작이다. 인생은 해피엔딩에서 멈추지 않고 계속되니까.

에라이! TV를 껐다. 친구도 없고, 갈 데도 딱히 없다. 지금쯤이면 윤서는 호준과 어떻게 되었는지 궁금해서라도 연락을 할 법한데 이번에는 마음이 단단히 상했는지, 아니면 신혼 생활에 꿀이 떨어지는지 잠잠하다. 이제 윤서와의 관계도 끝이 얼마 남지 않은 걸까? 사람들은 점점 친구가 없어지는 외로움을 견딜 수 없어 결혼을 선택하는 것인지도 모르겠다.

스무 살에 서울로 올라온 후, 고향 친구들과는 자연스럽게 멀어졌다. 그나마 SNS로 연락이 닿는 몇몇 친구들은 모두 엄마가 되었고, 매일 SNS에 올라오는 아이 사진이나 이유식 사진에 '좋아요' 버튼을 누르는 것으로 서로의 안부를 대신했다. 대학 때

알고 지내던 친구들도 마찬가지. 일찍 결혼한 친구들과는 결혼식 무렵 파티도 하고 집들이도 하면서 어울려 다녔지만, 아이가 생기고, 돌잔치가 끝나자 연락이 뜸해졌다. 미혼에서 기혼으로 진화하며, 친구로서 행하는 가시적인 이벤트가 모두 끝난 것이다. 이제는 남편의 생일과 결혼기념일, 시부모의 생일이나 명절, 아이의 50일, 100일, 첫 돌… 끊임없는 기념일을 챙겨야 하니 친구의 생일에는 서로 카카오톡에서 보내는 커피 쿠폰으로 축하를 대신하고 있다. 그 연락마저도 점점 줄고 있긴 하지만.

그렇게 우리는 자연스레 서로의 관계에서 제외되었다. 평생 미혼인 채 살아가게 된다면 이렇게 축하받을 일도, 축하할 일도 없는 조용하고 쓸쓸한 노년을 맞이하게 되겠지?

스마트폰 메신저 친구 목록을 의미 없이 스와이프하고 있는데 띠링- 알림이 왔다.

[하이]

하이? 도대체 언제적 하이…? 이어 도착하는 메시지. 띠링-

[점심은 먹었어요?]

자기는 비혼주의자니까 평생 친구가 가능하다던 그 남자다. 잘사는 비혼이 있냐 없냐로 토론하다 만취했던 그날 밤, 연락

처를 교환했었다.

   [죽이는 떡볶이집이 있는데, 같이 갈래요?]

  방금 밥 먹어서 배부른데… 떡볶이는 못 참지. 내 소울 푸드가 떡볶이거든. 진짜다!

  빠르게 머리를 감고 옅게 베이스를 발랐다. 창밖으로 자동차 엔진소리가 들려왔다. 꾸민 듯 안 꾸민 듯 꾸민 뒤, 창문을 내려다보니 박물관에나 있을 법한 낡고 낡은 프라이드가 현관 앞에 주차되어 있다. 고물차 옆에는 정식이 서 있었다. 후줄근한 면바지에 마찬가지로 더 후줄근한 체크무늬 셔츠에—구제시장에서 천 원이면 살 수 있을 것 같은—10년은 족히 신은 듯한 컨버스화 차림이었다. 그는 완벽히 안 꾸민 모습이었다. 창밖으로 고개를 쭉 빼고 "금방 내려갈게요!" 했다. 그가 고개를 뒤로 젖혀 나를 쳐다보며 말없이 끄덕한다. 나도 같이 끄덕하는 순간, 마음에 작은 파장이 생겨 나는 듯했다. 서둘러 카디건을 챙기고, 집을 나섰다.

  "도대체 이 차는 언제 산 거예요?"

  "한 십 년 됐나…. 50만 원 주고 샀는데 그래도 정비는 새로 싹 해서 튼튼해요."

요즘 국산 소형차도 2천만 원이 넘는 시대에, 자동차를 50만 원에 살 수 있다니…. 하긴, 이 차라면 5만 원을 줄 테니 가지라고 해도 난 사양이다.

정식은 운전석과 조수석 사이에 있는 수납장을 뒤적여 카세트테이프 하나를 꺼내 플레이어에 밀었다.

"이소라 좋아해요?"

수납장에는 올드팝 모음집, 김현철, 유재하, 여행스케치 테이프가 들어 있었다.

"와… 이 유물들은 다 뭐야? 시간여행 온 거 같네."

"익숙한 걸 바꾸는 일이 쉽지 않더라고요. 이 차도 그렇고, 가지고 있는 건 수명 다할 때까지 잘 쓰고 싶어서. 좀 촌스럽죠?"

"이 테이프는 수명이 다 된 것 같은데?"

원래도 느린 이소라의 목소리가 반 템포는 느리고 구슬프게 흘러나왔다.

내 곁에서 떠나가지 말아요. 그대 없는 밤은 너무 쓸쓸해.
그대가 더 잘 알고 있잖아요. 제발 아무 말도 하지 말아요

공영주차장에 차를 주차하고 학교 담벼락을 따라 조금 걸었다. 정식은 아무 말도 하지 않았다. 그런데 이상하게도 심심하거나 어색하지 않았다. 오래 알아 온 사이에서 오는 묘한 익숙함과 낯선 사이에서 오는 생경함이 동시에 느껴지며 시간여행을 하는 기분이었다.

그가 데려간 분식집은 그의 낡은 차만큼, 늘어난 테이프만큼 오래돼 보이는 노포였다. 기름칠이 말라 삐걱거리는 미닫이문을 밀자, 할머니가 "왔냐?" 하고 익숙하게 인사했다.

"중학생 때부터 오던 곳이에요. 20년 단골집."

즉석떡볶이는 빠르게 보글보글 끓었고 떡볶이는 달큰한 게 정말 맛있었다. 남자가 떡볶이를 먹는 모습을 머리끝부터 발끝까지 찬찬히 뜯어봤다. 서른을 넘기고, 사업을 시작하면서 생긴 나만의 습관이다. 사람도 물건도 정들기 전에 냉정하게 봐야 한다!

지저분한 편인 것 같은데 더럽지는 않고. 무뚝뚝하면서도 묘하게 정겹다. 쓸데없이 솔직한 것 같으면서도 속을 알 수 없는 저 표정.

이 남잔 뭘까? 내가 쌓아 올린 데이터에는 없는 남자 유형인

건 분명해 보였다.

"뭘 그렇게 쳐다봐요. 먹는 데 불편하게."

"셔츠, 단추요. 그거 일부러 그렇게 채운 건 아니죠?"

허술함도 추가. 손을 뻗어 첫 번째 단춧구멍에 잘못 끼워진 그의 두 번째 단추를 풀어 주었다.

"오늘은 손으로 안 먹네요?"

"그건, 오랜만에 한국에 와서… 내가 잠시 헷갈렸던 거고, 이 뜨거운 걸 어떻게 손으로 먹습니까?"

"비혼주의자들은 연애할 때 어때요? 어차피 결혼이 아니니까 금방 헤어지게 되나요? 아니면, 가볍게 데이트만 하는 걸 즐긴다거나? 진짜 사랑하는 사람을 만나도 결혼 안 할 거예요? 뭐, 여자가 전지현이라도?"

남은 양념에 밥까지 볶아 먹고 사이다를 들이켜며 이런저런 질문을 쏟아냈다. 그는 황당하다는 듯 웃으며 대답했다.

"전지현은 애가 둘인데 그런 걸 질문이라고 하나? 난 영원한 관계는 어디에도 없다고 생각해요. 영원할 수 없으니까 끊임없이 노력해야 되는 관계가 더 현실적인 거지. 사랑의 결말은 결혼, 이렇게 생각하니까 사랑이 부담되고, 결혼이 구속처럼 느껴지는 거 아닌가?"

"사랑의 결말이 결혼이 아니면 뭘까요? 어차피 연애의 끝은 결혼 아니면 이별이죠."

"왜 결혼하지 않는다고 해서, 연애의 끝은 꼭 이별일 거라 생각하지? 헤어지지 않으면 되는 거 아냐? 그냥 쭉 사랑하는 거죠. 서로 노력하면서."

그게 말이 돼? 눈만 끔뻑이고 있는데 정식은 차 키를 챙겨 일어났다.

"어디 가요?"

"술 마시러 가요, 나머지 질문은 거기서 해요."

"어디…?"

"집."

집이라니, 너무 진도가 빠른 거 아닌가? 하지만 이미 남자를 따라가고 있는 내 두 다리. 눈치 챙겨!

잘 정리된 화단이 담벼락을 대신한 2층 단독 주택은 벽돌로 지어진 구식 집이었지만 하얀색과 민트색 페인트를 꼼꼼히 덧발라 깔끔했다. 실내는 인테리어를 새로 한 듯 자연스럽게 세련되었고, 조명은 따뜻한 색감으로 집 전체를 감싸고 있었다. 전체적으로 그리 멋을 내지는 않았지만 정직해 보이는 단조로운 원목 가구들로 채워진 분위기가 그를 닮았다고 생각했다.

거실로 들어가자 맛있는 냄새가 났다. 혼자 살면서 요리도 해 먹어? 그렇게 안 봤는데 꽤 부지런한 타입인가 봐?

"어서 와요, 다운 씨!"

뭐야, 갑자기? 여기서 효봉 식당 사장님이 나온다고? 혹시 이거, 서프라이즈…?

"사장님이 왜 여기?"

"사연은 차차 들으시고."

사장님은 멍하게 서 있는 나를 식탁으로 이끌었다.

"손님 세워 놓고 뭐 하는 거야! 얼른 앉아요. 음식 다 식어."

이번엔 첫째 언니 또래의 여자가 날카롭게 말했다. 그녀는 흑발에 정갈한 커트 머리를 하고, 잘 다려진 흰 셔츠에 청바지를 받쳐 입어 세련되고 우아한 분위기를 풍겼다. 그러고 보니 이 사람도 어쩐지 낯이 익었다.

테이블 끝에 앉은 남자는 혼자 와인을 홀짝이고 있었고 내게 샐쭉 웃으며 윙크했다. 다들 날 알고 있나? 뭐지, 이 트루먼 쇼 속에 들어온 기분은. 짐 캐리가 이런 기분이었겠다. 나만 속고 있는 듯한 기분.

"누구랑 같이 사는 거면 얘기라도 해 주지…."

정식에게 낮게 속삭였다.

"나, 혼자 산다고 한 적 없는데."

아, 그렇지! 무슨 상상을 한 거야, 나다운. 오늘 외출 전에 갈아입은 속옷 색을 떠올린 음탕한 상상이 무색해지는 순간이었다. 하지만 최대한 티 내지 않기, 포커페이스를 유지하기로 했다.

"자자, 다들 앉으세요. 이쪽은 나다운 씨예요. 다들 알죠? 그리고 이분들은 비타운의 하우스 메이트들."

그들은 이 집을 '비타운'이라 부른다고 했다. 정식이 내 어깨를 부드럽고 지그시 눌러 식탁에 앉혔다.

"평생 좋은 친구가 될 수 있을 거예요."

그가 내 귀에 대고 작게 소곤거렸다. 내가 궁금한 얼굴을 하자 정식은 다시 말했다.

"내가 전에 말했죠? 착한 사람 눈에만 보이는 진짜로 잘사는 비혼주의자들."

사장님이 빠르게 안주 몇 가지를 만들어 테이블 위로 올리며 말했다.

"그럼 우리 소개나 좀 해 볼까? 난 알지? 난 방효봉."

"사장님도 비혼주의자…?"

"결혼은 한번 했고, 이혼하면서 내 인생에 이제 결혼은 없다 결심했지. 난 이제 결혼에 얽매이지 않고 마지막 사랑을 완성하는 중이랄까."

효봉 사장님은 옆자리에 앉은 여자의 어깨를 한쪽 팔로 부드럽게 감싸며 볼에 가볍게 입을 맞췄다.

"또 로맨티스트 코스프레 시작한다. 다운 씨 놀래잖아! "

여자는 어깨로 툭 가볍게 효봉 사장님을 밀어내고, 내게 악수를 청하며 말했다.

"반가워요. 난 최명희라고 해요. 놀랐죠? 이 사람, 내 전남편이야."

"아… 결혼… 전남편… 아, 그러니까 이혼을 하시고 같이 사시는…?"

내가 여자의 손을 잡고 당황해서 어쩔 줄 몰라 하자, 정식이 두 사람의 관계를 짧게 설명해 줬다.

"둘이 헤어지고 다시 연애 중이라는데, 무슨 소린가 싶어도 얘기 들어보면 그럴만하다 싶어. 아, 누난 여기 사는 건 아니고, 놀러 온 거. 여긴 누나한테 일종의 유료 급식소. 뭐 그런 거야."

이혼하고 다시 연애를? 여긴 겨울왕국만큼 쿨내가 진동하네…. 적잖이 놀랐지만, 최대한 분위기를 망치지 않으려 고개를 끄덕였다.

"우린 10년을 연애하고 결혼했어요. 그리고 2년을 같이 살았는데, 결혼하면서부터 관계가 엉망이 되어 버렸어. 스무 살에 독립해서 쭉 혼자 살았는데, 남자랑 같이 사니까 미치겠더라? 한 집에서 사생활 없이 같이 사는 게 너무 괴로웠어. 그러면서 사소한 거로 싸우기 시작했는데, 저녁 메뉴를 고르다가 싸우고, 운전 습관 때문에 싸우고, 인테리어 취향 때문에 싸우고…. 싸우기 위해 사는 사람처럼 그렇게 1년을 살았어."

"나는 술장사를 하고, 명희는 직장인이니까 내가 밤에 일하는 걸 힘들어했어. 일상 패턴이 안 맞으니까…. 그래도 어떡해, 난 곧 죽어도 하고 싶은 건 해야겠는걸. 그래서 따로 살면서 관계를 회복해 볼까 했는데, 별거한다고 양가 어른들이 난리인 거야. 그때 우리 진짜 힘들었어. 그렇지, 명희?"

여자와 효봉 사장님은 마치 오랜 시간 입을 맞춰 온 엠씨들의 토크쇼 같이 서로의 말을 이어 받았다. 여자는 고개를 끄덕이며 말했다.

"결국 꾸역꾸역 1년을 더 버티다가 이혼했어요. 두 사람 다 행복해지기 위해서. 그리고 보시다시피 지금은 다시 연애 중이고."

두 사람에겐 힘든 시간이었음이 분명한데 그들은 지난 시간을 회상하며 미소 짓고 있었다. 서로가 있었기에 이겨 낼 수 있었다는 듯이.

"부모 간섭 없이 사랑하려면 이혼을 해야 되더라고. 이혼하고 예전처럼 다시 연애하기로 한 거지. 그래서 지금은 이렇게 지내요. 그리고 우린 다시는 결혼 하지 않기로 했어. 그러니까 우리도 비혼주의자 맞지?"

효봉 사장님은 그렇게 말하고 여자의 눈을 지그시 바라보며 웃었다.

"완전 치사하지 않아요?"

정식은 내게 말했고, 나는 곤란한 듯 조금 웃었다.

"억울하면 니들도 해 보고 후회해. 그럼 완벽히 비혼을 완성할 수 있다니까?"

여자가 내게 명함을 내밀었다.

"난 변호사예요. 이혼 전문. 상담할 일 있으면 찾아와. 싸게 해 줄게."

내 인생 처음 만난 사짜다. 언니라고 부를게요.

"아, 당분간은 없을 거예요. 저도 지금은 비혼이라."

내 말을 듣고 정식은 짓궂은 얼굴로 웃으며 물었다.

"지금은 비혼? 일시적 비혼, 뭐 그런 거?"

"맞아요. 나중 일은 알 수 없고, 지금에 충실하려고 내가 만들어 봤어요. 혹시 한 번 비혼은 꼭 영원한 비혼이어야만 한다고 생각해요?"

나의 날카로운 질문에 다들 '어쭈' 하는 얼굴, 정식은 짓궂은 웃음기를 거두고 대답했다.

"비혼이란 게 어차피 내가 정한 가치관인 셈인데, 각자 알아서 사는 거지 뭐. 비혼이라고 꼭 혼자 살란 법도 없고, 철회하지 말란 법도 없는 거지. 안 그래?"

모두 수긍하는 분위기. 이번엔 누구 차례?

"누나, 반가워요. 난 필성이에요. 공필성."

남자는 배시시 웃고 있었다. 요즘 유행한다는 사막 여우상을 하고 예쁘게 그은 피부가 건강해 보였다.

"전 직업은 없고, 이런저런 알바 해요."

"얘는 하고 싶은 게 없는 애야. 지금 이 순간만 생각하고 사는 사람이지."

"하고 싶은 게 없다니, 형! 여름이면 서핑, 겨울이면 캠핑, 돈 모이면 여행. 제 꿈은 바쁘고 나태한 삶을 완성하는 거예요."

효봉 사장님은 필성을 향해 엄지손가락을 치켜세웠다. 자기소개는 자연스럽게 내 차례가 되었다.

"아, 전 브랜드 마케팅을 하는 작은 회사 운영하고 있어요."

"멋지다. 젊은 나이에 어떻게 사업할 생각을 다 했어요?"

명희 언니가 물었다.

"좋게 봐 주셔서 감사해요. 그냥… 어릴 적부터 꿈이었어요.

사장님 되는 거."

"다운 씨는, 굉장히 도전적인 사람이야. 아주 특별하고, 똑똑하지."

내 입으로 하기 민망한 자랑을 효봉 사장님이 대신해 주었다. 역시 센스쟁이! 술에 취해 푸념만 늘어놓았던 지난날이, 허투루 보낸 시간은 아니었던 거야. 그런데 문득, 이들이 왜 이렇게 모여 살게 되었는지 궁금해져 물었다.

"비혼인끼리 모여 살기로 한 건, 누구 아이디어예요?"

"명희랑 이혼하고 혼자 사니까 집도 넓은데 쓸쓸하더라고. 낡긴 했지만, 방도 많이 남고, 누구라도 같이 사는 게 좋겠다 싶어서 단골손님 몇 명을 초대했지. 그러다 보니 보시다시피 5년째 이렇게 같이 살고 있어. 각자 혼자인 처지에 집세도 나누고, 다 같이 살면 좋잖아. 참, 인테리어는 정식이가 했고."

그래도 여럿이 모여 살면 불편한 점이 한둘이 아닐 텐데. 그들은 자신들의 룰 안에서 트러블 없이 잘 지내고 있다고 말했다. 그들이 말하는 룰은 이렇다.

공용 공간에 있는 물건이나 음식은 무조건 공유한다. 단, 개인 공간은 허락 없이 선 넘지 말고, 이래라저래라하는 것도 금지다.

서로는 선택된 가족으로서 적당한 거리를 유지해야 한다. 하지만 사이가 멀어지지 않도록, 특별한 일이 없다면 저녁은 보통 같이 먹는다. 아프거나 다치면 의무적으로 서로를 돌봐 주고, 집안일은 돌아가면서 한다. 거실에 할 일 리스트를 만들어 놓고, 하고 싶은 일을 선택해서 하면 된다. 그러다 보면 누구는 하기 싫은 일만을 떠맡게 될 수 있는데, 아직까지 그런 문제는 생기지 않았단다. 한 달에 한 번은 피크닉도 가고, 영화도 같이 보고, 함께 하는 취미생활도 많단다. '적당한 거리, 느슨한 연대'가 그들의 가훈이었다.

 이들은 각자 자기 몫의 책임을 다하면서도 서로에게 얼마쯤은 기대어 살아간다고 했다. 혼자 아프고 서럽지 않도록, 서로 의지할 수 있는 보호자가 되어 주면서 말이다. 그렇게 같이 미래를 마련하기로 한 이들의 삶은 마치 21세기 품앗이 같았다. 피를 나눈 가족이 아님에도 명절이면 같이 전을 부쳐 먹고, 비가 오는 날엔 우산을 들고 마중을 나가고, 해장이 필요한 아침에는 서로를 위해 해장국을 끓이는 모습. 이 이상한 형태의 가족이 나는 어쩐지 이상적이라는 생각이 들어왔다.

 비혼으로 살아가는 일을 진지하게 고찰해 본 적은 없었다. 혼자 나이 들기 위해선 적당한 돈과 오랫동안 사회에서 쓸모 있을 기술이나 재주가 있어야 한다는 정도만 짐작할 뿐이었다. 그런데 이들을 보니, 그보다 중요한 건 공동체가 아닐까 생각했다. 죽을 때까지 지금처럼 서로가 서로에게 위로가 되어 줄 수 있다면 꽤 근사한 비혼의 삶이 완성되지 않을까? 그리고 어쩌면 내가 바란 건 이런 안정감일지도 모르겠다고 어렴풋이 느꼈다.

식사 자리가 끝나가자 정식은 제 방을 구경시켜 주겠다며 따라오라고 했다. 나무 계단을 밟아 올라간 2층에 있는 그의 방은 너무나 '정식'다웠다. 작은 싱글 침대에는 올드한 체크 패턴이 날염된 담요 몇 장이 질서 없이 구겨져 있고, 책꽂이에는 낡은 LP판이 가득 꽂혀 있다. 직접 만들었다는 가구들과 크기가 제각각인 나무들이 벽을 둘러싸고 아무렇게나 기대어져 있는 방은 발 디딜 틈 없이 나무들로 가득 찬 것 같기도 하고, 또 반대로 아무것도 없는 텅 빈 곳처럼 느껴지기도 했다.

그의 공간에서 오묘한 냄새가 났다. 고향 남해의 마을회관 앞에서 수백 년을 살았던 은행나무에서 나는 냄새 같기도 하고, 작은 항구 냄새 같기도 했다.

"이건 무슨 냄새에요? 바다 냄새 같아. 나무 냄새인 거 같기도 하고."

"와, 뭘 좀 아네."

이래 봬도 내가 삼동면 노상리 어촌마을 이장 딸이다.

"바닷물을 먹은 이 나무들에서 나는 냄새에요. 고소하죠?"

"나무가 바닷물을 먹어요?"

"나무가 바닷물을 먹으면 오랫동안 변형되지 않고 썩지도 않아요. 바닷물에 있는 염분이 나무에 흡수돼서 벌레도 안 생기고요. 나무는 천 년의 쓰임이 있다는 말 들어 봤어요? 이건 바다에 30년을 살았던 소나무로 만든 가구들이에요. 그리고 이 탁자는 폐어선에서 자른 나무들로 만든 거. 삼십 년 넘게 바다를 누비던 녀석들인데, 누군가는 생명을 다했다고 하겠지만 그걸 잘 말리면 또 이렇게 멋진 가구가 돼요. 근사하죠?"

정식은 질서 없이 세워진 나무들을 투박한 손으로 쓸며 이어 말했다.

"까만 바닷속에 오래 담가져 있던 녀석들이 해를 만나서 잘 말려지고 나면, 더 단단해진다는 점이 좋더라고요. 어쩐지 철학적이기도 하고."

정식의 말을 듣는데 왈칵 그에게 안기고 싶었다. 정확히 왜 그런 생각이 들었는지 모르겠지만 충동적이었다. 넓은 가슴에 안겨 커다란 손으로 내 등을 쓸어 주길 바랐다. 그러면 그는 적잖이 어쩔 줄 몰라 하면서도 두 손으로 등을 가만히 품어 줄 것이다. 어른의 품에서 위로받는 느낌일 테지. 어린아이처럼 그의 가슴에 얼굴을 파묻고 얼마쯤 눈을 감고 있고 싶었다. 오래된 나무숲 속에서 가을날 낮잠에 빠져들 듯 노곤하게….

상상일 뿐이었는데도 순간 쿵-쾅- 심장이 떨어지듯 요동쳤다. 어머, 너 왜 나대고 있어? 설렌 거야? 나 이 남자 좋아하나? 아니야, 와인을 너무 많이 마셔서 그래.

얼른 정신을 차리고 정식에게 말했다.

"여기서 가구를 만들면, 팔 때는 어떻게 하나? 매번 크레인 쓰면 비싸지 않나?"

어휴, 자꾸 뭘 팔 생각 하는 거, 이건 직업병이다. 늘 여유가 넘치던 그의 눈빛이 흔들렸다. 이 남자, 처음으로 당황하고 있다. 내가 하면 안 되는 질문을 한 건가?

"글쎄… 모르겠네. 안 팔아 봐서. 그런 문제가 있을 줄이야…."

"…?"

뭐라고? 팔아 본 적이 없어? 온갖 프로페셔널한 척은 다 하더니, 완전 허당이잖아? 웃음이 터져 나와 그의 앞에서 소리 내 웃어 버렸다. 그는 민망한지 잠시 쭈뼛거리더니 말했다.

"아무래도 작업실은 1층으로 옮기는 게 좋겠지?"

"당연하지! "

그러고 보니 우리, 언제부터 말을 놓고 있었다.

"우리 말 편하게 할까? 친구 하기로 했잖아."

"좋아."

✦

집으로 돌아와 현관문을 열자 낯익은 신발이 춤추듯 널브러져 있다. 큰언니와 작은언니가 소파에 앉아 고개를 돌려 현관문 앞에 서 있는 나를 쳐다보고 있었다. 집 비밀번호? 당연히 언니들은 알고 있다. 명절보다 중한 김옥경 씨의 생일 0603. 우리 세 자매에겐 사생활 따위 존재하지 않는다.

신발을 벗고 거실로 들어가는데 가까이에서 보니 큰언니 얼굴이 퉁퉁 부었다. 그 순간 누가 심장을 콱 움켜쥐기라도 한 듯, 가슴이 답답하고 목구멍으로 뜨거운 것이 올라왔다. 가방을 내팽개치고 큰언니를 향해 달려가 무슨 일이냐며 소리 지르며 펄쩍 뛰었다.

"뭐야! 무슨 일이야! 누구야! 우리 언니 울린 게!"

"쉿! 너 좀 가만히 좀 있어, 호들갑 떨지 말고!"

작은언니가 허리를 푹 쑤시며 말했다. 그제야 나는 입을 다물고 코로 크게 숨을 쉬었다. 큰언니의 두 어깨가 파르르 떨리는 것을 가만히 바라보고 있었다.

한참 울다 꺼억 숨을 고르더니 드디어 눈물이 말랐는지 큰언니는 물을 찾았다. 급하게 냉장고로 뛰어가 냉수 한 잔을 언니에게 건넸다. 물을 한 모금 마신 큰 언니가 말했다.

"나, 니 형부랑 이혼해."

"왜? 무슨 일인데?"

내가 너무 놀라 큰 소리로 묻자, 큰 언니는 다시 입을 다물었다.

"엄마, 아빠는 알아?"

입을 다물어버린 큰 언니 대신, 작은 언니에게 물었다.

"모르지. 그러니까 너도 엄마, 아빠한텐 일단 말하지 말고 있어."

"어떻게 서울까지 왔어?"

"내가 갈 데가 어딨어…."

큰언니가 낮고 자신 없는 목소리로 말하자 작은언니가 대변하듯 말을 이어받았다.

"애들도 어린이집 갔다가 금방 올 거고, 애들 아빠도 그렇고. 여기로 오는 게 나을 것 같아서."

"잘했어."

스무 살에 집 떠나온 지 꼬박 십 년 하고도 오 년이나 더 지났지만, 큰언니가 내 집에 온 건 처음이었다. 엄마가 가출했을 때, 자기가 막내를 업어 키웠다는 이야기를 지겹도록 하면서 너 때문에 키가 안 자랐다고 30년을 넘게 핀잔을 줬다. 큰언니는 바쁜 엄마를 대신해 집안 살림을 챙기고, 동생들의 보호자로 항상 우릴 엄하게 대했다. 그래서 작은언니와 난 부모 눈치 보다 큰언니 눈치를 더 많이 보며 자랐다. 그러다 내가 중학생이 되던 해, 큰언니가 결혼했다. 나는 나대로 격동의 사춘기를 보내느라 바빴고, 언니는 언니대로 자신만의 가정을 만들고 울타리를 지키느라 바빠서 자연스럽게 멀어졌다. 14년 만에 처음 맞본 자유에 한껏 들떴다가, 얼마 지나지 않아 질투가 나기도 했다. 가족의 보호를 받을 일이 점점 없어지는 건, 개운하면서도 조금은 서운하니까.

서로 해야 할 말이 너무 많았지만, 서울까지 올라오느라 고단했을 큰언니에게 침대를 내어 주고 바닥에 이불을 깔았다. 큰언니는 언제나 태산처럼 큰 사람이었는데 오늘따라 돌아누운 큰언니의 어깨가 많이 작아 보였다. 작은언니와 바닥에 나란히 누워 천장을 바라봤다. 작은언니는 이 상황에서도 해맑음을 유지하며 말했다.

"우리 셋, 한 방에 누운 거 거의 10년만 아니야? 우리 어릴 적으로 돌아간 거 같아, 그치?"

"그러네. 큰언니 결혼한 이후로 처음일걸?"

큰언니는 여전히 돌아누운 채 아무 말도 하지 않았다.

"막내, 넌 아직 비혼주의 상태야?"

"당연하지."

"반항도 좀 적당히 해…."

작은언니의 잠에 취한 목소리가 점점 작아졌다.

"비혼은 반항이 아니라 삶의 방식이야. 더 이상 연애의 해피엔딩은 결혼이 아닌 것처럼, 시대가 변한 거…."

작정하고 비혼에 대한 내 생각을 말하려 했는데, 그르렁 하는 작은언니의 코골이 소리를 듣고 전의를 상실해 버렸다.

큰언니가 조용히 입을 열었다.

"다운아, 너 내가 왜 이렇게 빨리 시집간 줄 알아?"

"형부한테 반해서 홀라당 시집간 거 아냐?"

언니는 어깨를 잔뜩 웅크린 채 침대에 모로 누워 그동안의 이야길 담담히 꺼내기 시작했다.

"집에서 벗어나고 싶었어. 나는 이 집에서 키우는 소 같았거든. 밭을 갈라면 밭을 갈고, 무거운 걸 끌라고 하면 무거워도 끌고…. 그런 소 같았어. 나도 8살짜리, 가슴도 안 나온 애였는데, 항상 너를 업고 다녔어."

어휴, 지긋지긋한 레퍼토리. 또 시작인가? 언니는 내 한숨 소릴 듣고도 상관없다는 듯 하던 말을 계속했다.

"학교 졸업만 하면… 졸업만 하면… 아주 졸업만 해 봐라! 이를 바득바득 갈며 살았어. 이놈의 집구석 떠나 버려야겠다 결심했지. 그러려면 결혼하는 수밖에 없다고 생각했어. 첫딸은 재산이라고, 좋은 남자 만나 시집 잘 가면 그게 성공이라 듣고 자랐으니까. 너처럼 공부해서 서울로 대학 갈 생각도 못 했어.

그러다 졸업하고 아르바이트하던 터미널에서 형부를 만났지. 형부는 돈도 많고 가진 것도 많은 사람이라 망설일 이유가 없었어."

큰언니는 내겐 어른이었다. 언니의 결혼이 현실의 도피라거나, 혹은 불행의 시작일 수도 있다는 사실을 상상조차도 하지 못했다. 언니는 당연히 어른이니까, 그냥 다… 괜찮은 줄로만 생각했다.

"그렇게 부잣집에 시집갔으면, 좀 잘 살지. 이게 뭐야, 정말."

"잘 살았어야 했는데…. 그렇게 도망치듯 한 결혼생활이 행복할 리가 있겠나 싶어. 어리광부려 본 적 없어서 엄마, 아빠한텐 말도 못 꺼내고…."

"곪아 터지기 전에 우리한테라도 말을 하지, 왜 참고만 있었어."

"니 형부랑 나 따로 산지 좀 됐어…. 여태는 그럭저럭 살았는데, 나도 이제 좀 멋지게 살고 싶어졌어. 막내 너 다녀가고 깨달았지. 너는 결혼을 선택하지 않겠다고 말할 정도로 많이 컸구나. 네가 나보다 낫다. 멋지다, 내 동생. 그런 생각이 들더라. 나는 그러질 못했으니까. 하고 싶은 것도, 되고 싶은 것도 없었으니까. 결혼하고 아내로, 엄마로만 그렇게 살았는데 어느 순간 나를 보니까, 난 아내도, 엄마도 아니라는 생각이 드는 거야. 네 큰 형부는 밖으로만 맴돌고, 애들은 공부시킨다는 핑계로 캐나다로 보내고도 거기 한 번을 못 가 보고. 그냥 나는 아무것도 아닌 사람인 거야. 그래서 애들도 이제 한국으로 돌아오게 하고, 우리 네 식구 같이 살고 싶다고 했는데 그 사람은 싫대. 이대로 살고 싶대. 그냥 나는 가만히만 있으라는 거야. 그래서 나왔어. 가만히 있기 싫어서."

큰 언니의 말을 듣고 뭐라고 해야할지 몰랐다. 언니의 지난 시간을 다 이해하지 못하지만 이상하게 고맙고 미안했다. 그냥 잘했다고 했다.

"나는 다운이 비혼 응원해. 우리 막내는 잘할 거야. 너는 결혼하지 않아도 잘 살 수 있을 거야."

"뭐래…."

뭐든 할 수도 있고, 안 할 수도 있다고 유연하게 생각하는 건 나쁘지 않다. 삶의 방식을 더 넓게 확장해 보는 건 틀린 게 아니다. 행여나 결혼을 선택하지 않더라도 손해 보는 일이 아니며, 사회에서 배제당할 일은 없을 거다. 그리고 우리 모두는 선택할 자유를 가졌다. 이런 보장과 응원이 내게는 필요했다. 내가 그렇게 바라던 응원을 가장 가까운 가족에게 받으니 희미하게 섰던 결심이 더 뚜렷하고 분명해져 왔다.

언니, 우리 스스로의 인생을 결혼에 담보 잡혀 꾸역꾸역 살지 말자. 나도 언니의 홀로서기를 응원할 거야. 조금은 벅찬 마음으로 눈을 감았다.

◆

퇴근길, 이어폰을 꽂고 배철수의 음악캠프 시그널 송을 들으며 걷는데 뒤에서 누군가 어깨를 두드렸다. 명희 언니였다.

"다운! 퇴근해? 혹시 약속 없으면, 오늘 집에서 제철 파티할 건데, 올래?"

우린 그새 많이 친해졌다. 종종 이렇게 저녁 식사 초대를 받았고, 나는 호의를 거절하는 법이 없었다. 그들은 거의 매일 저녁을 함께 먹으면서도 계절마다 제철 파티를 연다고 했다. 계절에 맞는 제철 음식을 푸짐하게 차려 놓고 나눠 먹는 파티였다. 별것 아닌 일에 거창하게 파티라는 말을 붙이는 이들의 낭만이 퍽 마음에 들었다.

집에 들러 엄마가 고향에서 보내온 젓갈이며 말린 생선을 챙기자, 큰언니는 어딜 가냐고 꼬치꼬치 캐물었다. 비혼인들의 파티에 참석한다고 말했다간 무슨 소릴 들을지 모른다. 비혼을 응원한다고는 했지만, 한 번에 너무 많은 진도를 나가면 응원마저 철회할까 봐 적당히 둘러대고 나왔다.

명희 언니가 현관문을 열었다.

"저, 이거… 빈손으로 오기 뭐해서 가져왔어요. 남해 해풍으로 말린 반건조 가자미예요. 비린내가 좀 있어서 괜찮을까 하다가 효봉 사장님은 요리하시니까 좋아하실 것 같아서…"

"어쩜, 이렇게 귀한 걸 다 가져와! 효봉 씨, 이것 좀 봐. 다운 씨가 남해에서 해풍에 말린 가자미를 가져왔네."

효봉 사장님은 요리를 하다말고 뛰어와 가자미를 받고 말했다.

"다운아, 어머니께 잘 먹겠다고 꼭 인사해 줘. 이걸 기름에 튀기듯 구워서 간장 소스를 싹 뿌리고, 파채에 생강 채 썰어 올리면… 어우, 야, 너무 맛있겠다."

효봉 사장님이 침을 꿀꺽 삼키며 가자미 손질을 시작했다. 엄마가 매번 보내오는 구질구질해 보이기만 했던 생선이며 반찬들을 좋아해 주는 이 사람들이 더없이 따뜻하게 느껴졌다. 소파에 앉아 2층 계단을 힐끔이며 물었다.

"그런데 정식이는 어디 나갔어요?"

"곧 올 거야."

음식이 다 될 무렵, 정식이 문을 열고 들어왔다. 몇 번을 봐도 적응 안 되는 거지꼴은 오늘도 여전했다.

소파에 가방을 벗어 던지고, 내 옆자리에 와 앉으며 말한다.

"왔냐?"

저 무심한 말투. 아, 왜 설레고 난리지? 자리도 많은데 내 옆에 앉는 건 뭔데?

"또 우리 집에서 밥 먹어? 너, 우리 식구 다 됐네."

"밥 몇 번 얻어먹었다고 식구는 무슨."

하, 오늘은 술도 안 마셨는데 얼굴은 왜 자꾸 빨개지는 건데?

효봉 사장님이 가자미 요리를 내어 오며 말했다.

"식구가 별건가. 서로 늦으면 걱정하고, 같이 밥 먹고, 좋은 일 기쁜 일 나누면 그게 식구고, 가족이지. 안 그래? 다운이가 가져온 가자미로 만든 거야. 먹어 봐."

필성이 제일 먼저 가자미 살을 뜯어 입으로 넣자마자 감탄사를 연발했다.

"우와, 외국 맛! 그래, 딱 그리스 맛이야!"

"야, 인마. 너 그리스 가 봤냐?"

정식은 필성이 한 말에 툭 딴지를 걸더니 가자미를 한 입 먹고는 말했다.

"그리스보다 남해가 더 아름다워, 인마."

응? 지금 저거 플러팅 맞지?

✦

큰언니는 내 집에 머무르는 동안 온 집 안을 청소했다. 이십 년 전, 엄마 역할 대행을 하던 왕언니로 돌아가 접시나 그릇에 묻은 얼룩을 새것처럼 닦고, 일주일은 먹고도 남을 반찬을 만들어 냉장고에 차곡차곡 쌓았다. 누군가를 돌보는 일이 삶의 즐거움인 듯 활기가 넘쳤다. 내가 물건에 가치를 부여하는 일에 소질이 있다면, 큰언니는 사람이든, 동물이든, 집이든 돌보는 일에 소질이 있다. 그 재능은 절대로 하찮거나 당연하지 않다. 합당한 가치를 인정받지 못했을 뿐, 존중받아야 마땅한 귀한 재능이다.

이대로 큰언니가 평생 우리 집에서 살았으면 좋겠다고 잠깐 생각했지만, 바로 거두었다. 시집을 안 가는 게 아니라 집구석이 더러워서 못 가는 거라는 잔소리에, 귀에서 피가 날 지경이었으니까.

큰언니는 캐나다에 유학을 간 두 아들과 밤마다 영상통화를 했다. 캐나다로 아이들을 보러 가고 싶지만, 평생 여행이라곤 한 번도 가 본 적이 없어서 두렵다고 했다.

"한 번도 혼자서 비행기를 타 본 적이 없는데…. 내가 할 수 있을까?"

"까짓 혼자 하는 것들, 해 보면 하나도 어렵지 않더라. 혼자 밥 먹고, 혼자 차 마시고, 혼자 여행하고, 혼자 하는 일들이 처음에만 힘들지, 적응되면 중독돼. 언니, 나 봐! 나 이제 혼자서 술도 마셔!"

"그래, 혼자 못 하는 게 없으니까 그래서 네년이 결혼 안 하려고 용을 쓰지!"

"아, 잔소리 제발 그만…!"

그 사이 형부와 큰언니는 몇 번의 통화를 했다. 큰언니는 죽어도 집에는 안 들어갈 거고 유책 배우자는 당신이니 위자료로 재산의 절반을 내놓으라고 했다. 형부는 네 멋대로 하라고 말하며 13년 만에 처음으로 행한 큰언니의 역할 거부를 철저히 무시했다. 큰언니는 소송이라도 불사할 태세였다. 명희 언니의 명함을 내밀었다. 나도 사짜 지인이 있어, 어깨가 솟는다. 큰언니는 변호사 명함을 받아 들고 이를 악물었다. 나를 업고 동네를 누비던 어린 나다영의 표정도 저토록 비장했으리라.

큰언니는 캐나다 여행을 준비하기 시작했다. 호기롭게 여행 준비를 시작했지만, 항공 예약부터 호텔 예약까지, 하나부터 열까지 다 나를 찾았다. 아이들이 있는 기숙학교에서 멀지 않은 곳에 에어비앤비로 장기 숙박을 예약해 뒀고, 구글 맵과 번역기 앱의 사용법을 알려 줬다. 짐을 챙기며 연신 무섭다던 큰 언니는, 출국일이 코 앞에 다가오자 연신 콧노래를 흥얼 거렸다.

드디어 다가온 출국 날, 세 자매가 나란히 서서 짐 가방을 기내 수화물로 부치고 출국 수속을 마쳤다.

"멀리까지 와 줘서 고맙네! 땡큐 쏘~마치다!"

"잘 갔다 와, 언니. 길 잃어버리지 말고!"

"내가 뭐 애냐. 대츠 오케이다."

작은언니는 벌써 울먹거리기 시작했다.

"아이, 정말 왜 이래. 어디 이민 가?"

언니와 이렇게 오랜 시간 함께 지낸 건 십오 년 만에 처음이었다. 나도 콧등이 시큰해져 왔다. 큰언니는 출국장에 들어가기 전에 여권과 항공권을 챙기다 말고 여권을 펼쳐 보며 말했다.

"나다영…. 살면서 이렇게 내 이름을 많이 불러보고 쓰는 건 학생 때 이후로 처음인 것 같아. 한 달 동안 언니 챙기느라 다운이 고생 많았어. 다정이도 고맙고."

큰언니는 우리를 차례대로 끌어안았다. 우리 셋은 그렇게 부둥켜안고 이산가족 이별 드라마를 한 편 찍고서야 눈물을 멈췄다.

"다운아, 너는 꼭 네 이름으로 살아. 언니는 네 편이다. 알지? 씨유 레이터다!"

마지막 인사를 하고 출국장으로 들어가는 큰 언니의 뒷모습은 어느 때보다 당찼다. 작은언니와 나는 출국장 근처에 앉아 큰언니가 탄 비행기가 떠오를 때까지 오래도록 지켜봤다.

이토록 완벽한 비혼

 큰언니가 떠나자 집이 텅 빈 것처럼 고요해졌다. 아무 일도 일어나지 않을 것처럼. 아무 일도 일어나지 않은 것처럼. 황 과장의 얼굴에 불꽃 숯을 쏘아 올린 후 거짓말처럼 일감도 똑 떨어졌다. 그렇다고 나다운, 이대로 무너질 수 없다. 여느 때와 다름없이 사무실로 출근했다.

 "김 선배, 신인 디자이너 브랜드를 브랜딩해 보는 건 어때?"

 "어떤?"

 "가구."

 한 번도 팔아 본 적 없다는 그의 가구가 내내 머릿속에 남아, 그의 가구를 브랜딩해 가치를 올려보면 어떨까 생각했다. 대기업의 일을 외주 받아 대행하는 식으로 일해서는 매번 '을' 일

수밖에 없고, 이번처럼 파리 목숨만 이어질 뿐이라 일의 형태를 바꾸고 싶다고 생각하던 참이었다. 홍보가 절실한 신진 디자이너들을 발굴해 브랜딩을 통해 판매 대행과 해외 진출까지 연결하면 디자이너도, 우리 픽다운도 성장하기에는 좋은 비즈니스 모델이 아닌가.

"요즘 홈 앤 리빙이 워낙 핫하니까 막차 타고 빨리 시작한다면야 가능성이 없진 않다고 봐. 괜찮은 디자이너를 픽하는 게 관건이겠지?"

"그건 자신 있어."

좋은 물건 알아보는 거, 뭐든 잘 파는 거, 그거 하나 자신 있어 창업했다. 나의 안목을 믿는다. 여행을 떠나 있는 찐은 온라인으로 핫한 신진 디자이너들을 함께 알아봐 주기로 했고, 김선배는 함께 홈 앤 리빙 판매 전략을 세워 주기로 했다.

그래, 일생은 칠전팔기! 다시 힘을 내 보는 거야.

✦

   끝이 보이지 않는 높은 산을 오르고 있다. 끝없는 오르막길. 내려오는 사람은 있는데 오르는 사람은 나 혼자다. 내가 많이 늦었을까? 늦었다면 얼마나 늦었을까? 따라갈 수는 있을까? 아니, 끝이 있긴 한 걸까?

   저기요, 얼마나 더 올라가야 하나요? 아가씨, 500미터만 더 가면 돼. 500미터만… 500미터만…. 거짓말은 이제 그만 좀 하고, 솔직하게 말해 줘요. 도대체 정상이 어딘데요!

   악을 쓰다가 눈이 번쩍 뜨였다. 이마에 땀도 흥건했다. 무슨 등산하는 꿈을 꾸고 난리야, 힘 빠지게. 잠을 잔 게 아니라 8시간 동안 등산 한 기분. 다리에 힘이 풀려 침대 옆 협탁을 짚고 겨우 침대에서 일어났다. 지리산 천왕봉쯤은 가볍게 찍고 온 듯 갈증이 났다. 냉장고는 큰언니가 만들어 놓은 반찬과 고향에서 보내온 해산물로 빈틈이 없었다. 콜라 한 잔 시원하게 원샷했으면 좋겠는데…. 검지에 침을 조금 묻혀 눈곱만 살살 떼고 밖으로 나갔다.

편의점에서 콜라 한 캔을 샀다. 계산대에서부터 캔뚜껑을 따고 나가며 콜라를 원샷했다. 시원하게 트림을 꺼—어어흡!

어? 네가 왜 거기서 나와? 눈앞에 정식이 서 있었다. 트림을 하다가 급하게 멈추면 어떻게 되는 줄 아시나? 사레가 들린다. 그것도 아주 지독하게. 식도를 채 넘어가지 못한 콜라는 역류해 양쪽 콧구멍으로 나온다. 탄산을 가득 머금은 채로. 그러면 또 어떻게 되는 줄 아시나? 탄산이 비강을 타고 오르며 감각기관을 자극해 그야말로 눈물, 콧물을 다 흘리게 된다. 세상의 못생김을 모두 흡수한 얼굴로 캑캑대고 있는데 정식은 뭐가 그렇게 웃긴 지 아주 배를 잡고 웃는다.

"웃기냐?"

"올해 가장 웃긴 순간 1위."

전에 그거 플러팅 아니었나 봐. 조롱이었던 거야!

"놀러 갈래?"

갑자기? 아니면 혹시 날 기다린 거야? 언제 나올 줄 알고? 조롱 아니고 플러팅 맞았나? 그건 아니고, 그의 집과 우리 집은 불과 5분 거리. 쓰레기를 버리고 돌아가는 길이라고 하는데, 진실은 중요하지 않다. 나 지금 놀고 싶거든. 그동안 너무 열심히 살았고, 힘든 일도 많았으니까 좀 놀아도 돼. 호준과 이별했고, 회사도 망했… 아니, 힘들지만 열심히 살고 있고, 이혼한다고 난리치는 큰언니도 다녀갔고, 바람을 좀 쐐 줘야 할 타이밍이다.

정식은 제 차를 타고 가자고 했다.

"이 차를 타고 강원도까지 가능해? 가는 길에 타이어가 터져 죽거나, 엔진이 과열돼서 폭파해서 죽거나, 누가 우릴 들이박기라도 하면 종이처럼 납작해져서 죽거나. 셋 중 하나일 것 같은데, 그냥 내 차 타고 가자니깐."

걱정을 늘어놓으면서도 몸은 이미 조수석에서 안전벨트를 매고 있다. 정식은 그러거나 말거나 강원도 어디로 내비게이션을 찍었다.

"걱정 마. 이 차로 가는 게 훨씬 연비가 좋다니까."

어휴, 연비 말고, 수명 말이야. 수명이 줄어들 수도 있잖아. 낭만이라면 까짓 수명 몇 년이랑 홀랑 맞바꿀 것만 같은 정식은 테이프 하나를 골라 들었다. 김현철 3집 앨범 '횡계에서 돌아오는 저녁'이었다. 횡계로 가는 길엔 꼭 이 앨범을 듣는단다. 카세트를 밀어 넣고 테이프 말리는 소리와 함께 반 템포 느린 달의 몰락이 흘러나왔다. 탐스럽고 예쁜 저 달을 좋아한다고 흥얼거리는 노래를 들으며 우리는 횡계로 향했다. 그새 적응이 돼 버린 건지, 반 박자 느린 음악은 왜 이렇게 신나는 건지.

    그녀가 좋아하던 저 달이
    그녀가 사랑하던 저 달이
    지네... 달이 몰락하고 있네....

"바닷가에 방치된 폐어선들은 일정 시간이 지나면 시에서 폐기를 하는데, 폐기 전에 필요한 나무들을 골라서 건조장으로 옮겨. 오늘은 나무들 확인하러 가는 거고."

정식은 횡계까지 가는 길이 영 심심할 것 같았는데 마침 편의점 앞에서 나를 만났고, 시간이 남아돌아 보이길래 굳이 날 데려가는 거라고 빙빙 돌려 말했다. 그 말이 내겐 너와 함께 가고 싶었다는 말로 들렸다. 연애라면 질리도록 했다. 경험이라면 넘치게 많다. 그 어떤 연애 프로 패널들보다 시그널 캐치 하는 데는 선수라는 말씀!

정식의 낡은 프라이드는 국도로 진입했다. 액셀을 아무리 밟아도 100킬로 이상 속도를 낼 수 없는 올드 카는 속도를 포기하고 낭만을 선택했다. 서울에서 두 시간쯤 달려 작은 휴게

소에서 간단히 간식을 먹고, 한 시간쯤 더 달리자 작은 폐교가 보였다. 버려진 곳이라고 하기엔 잘 정돈되어 있는 교정 앞으로 차를 세웠다.

정식이 운동장에 주차를 하자, 반 백발에 개량 한복 차림을 한 중년의 남자가 다가와 차에서 내리는 정식을 반갑게 맞는다.

"왔어? 오느라 고생했지?"

누군지는 모르지만 나도 차에서 내리며 일단 공손하게 인사했다.

"안녕하세요…. 나다운입니다."

남자는 조금 놀란 눈치였다.

"아, 친구예요."

짧게 나를 소개한 정식은 남자를 국가 무형문화재 소목장이시자 본인에게는 아버지 같은 '우리 덕재 아저씨'라고 말했다.

"이 똥차는 언제까지 타고 다닐 거야?"

아저씨는 머쓱한지 자동차 바퀴를 툭 걷어찼다. 약간의 오버를 섞어 펄쩍 뛰는 정식을 보며 재밌어하는 아저씨. 저 아저씨, 나랑 말이 좀 통할 것 같다.

아저씨가 이번에는 정식의 옆구리를 툭 친다. 두 사람이 앞서

걸으며 속삭이는데 내 귀에 다 들린다.

"여자 친구야? 올해 국수 먹는 거냐? 응?"

"무슨! 나 비혼주의자야. 아저씨, 비혼이라고 들어봤어요?"

"비혼은 무슨 얼어 죽을! 야, 인마, 불효야, 그거! 혼자 있는 엄마한테 며느리도 만들어 주고, 손주도 안겨 주고 해야지! "

저렇게 확고한 비혼주의자도 결혼하라는 잔소리를 듣고, 때가 늦었다며 핀잔을 듣는다는 사실에 웃음이 났다. 그도 누군가에겐 철없는 반항아 취급을 받는다니 마음이 놓인다. 동경하던 존재가 동료가 된 기분이라서.

"내가 이래서 결혼 안 한다는 거예요. 요즘 누가 며느리 되고, 애 낳고 싶어 결혼해요? 부모한테 효도해야 되니까? 결혼할 때가 됐으니까? 애를 낳아야 정상이니까? 왜 내 삶을 그런 식으로 남의 기준에 맞추는지 모르겠어."

"야, 그래두 인마, 결혼은 해야…"

잔소리가 듣기 싫은지 아저씨 말이 채 끝나기도 전에 정식이 내게 말했다.

"몰라요, 몰라! 나, 나무 체크하고 올 테니, 여기 구경 좀 하고 있을래?"

잔소리에서부터 도망치고 싶은 그 기분은 내가 제일 잘 알지. 아무렴. 그렇고말고.

　덕재 아저씨는 정식이 나무를 체크하는 동안 작업실을 구경시켜 주겠다며 나를 이끌었다. 교실 3개가 있는 작은 폐교였다. 하나는 덕재 아저씨가, 하나는 정식이 작업실로 쓰고, 나머지 하나는 텐트와 침대를 놓고 숙소로 쓴단다. 오래된 것을 잘 고쳐 쓰는 그답게 낡았지만 깨끗하고 아늑해 보였다. 작업실과 숙소를 구경하고 밖으로 나가 소나무들이 늘어선 교정의 가장자리를 걸었다.

　"정식이 참 이상한 놈이죠?"

　비타운 사람들도 그렇고, 덕재 아저씨도 그렇고 하나같이 그를 아끼는 게 느껴졌다. 이상한 놈, 고집 센 놈, 못 말리는 놈놈놈…. 입으로는 그렇게 말하면서도 정식을 보호하고 싶어 하고, 누구보다 좋은 사람이라고 말하고 싶어 하는 저 말투. 그런데 나도 누군가에게 정식을 소개하게 되면 꼭 저렇게 말하게 될 것 같다. 참 이상한 남자야. 그런데 말이지… 하고 혼자 생각하다가 풉!　하고 웃음이 터져 버리는 사람.

　덕재 아저씨는 4미터는 족히 넘을 것 같은 한 커다란 소나무

앞에 섰다.

"정식이 열일곱 때였지 아마? 마음 못 잡고 방황할 때, 여기서 맨날 나무만 안고 있었지요. 보기에는 다 똑같은 나무 같아도 말이에요, 비바람을 많이 맞고 자란 나무가 더 단단해요. 겉은 거칠거칠 그래도… 이놈 속을 갈라 보면 그렇게 예쁠 수가 없어. 나무는 고통과 견딤이 클수록 무늬가 아름답고 쓰임이 많거든. 그 나무 한번 안아 봐요."

앞에 있는 나무를 안았다.

"이렇게요?"

"그렇게 나무를 꼬옥 안고, 나무들의 숨소리를 가만… 듣다 보면 나도 모르게 이렇게, 저렇게 다친 상처들이 아무는 게 느껴질 거예요."

정식의 방에서 맡았던 냄새가 났다. 눈을 감고 얼마쯤 나무를 안고 있자, 태어나 처음 느끼는 묘한 기운이 내 안에 들어오는 듯했다. 여기저기 다친 상처가 낫는 기분. 게임에서 힐러를 만난 기분이 이럴까? 능력치가 올라가고 체력 게이지가 차올랐다. 그렇게 뭐에 홀리기라도 한 듯 한참을 나무를 안고 있다가 서서히 눈을 떴다. 정식이 눈앞에 있었다. 이제야 내가 왜 그에게 자꾸 안기고 싶었는지 알 것 같았다.

우린 말없이 잠시 서로를 보고 서 있었다.

"여긴 밤이면 금방 추워져. 들어가자."

돌아보니 아저씨가 보이지 않는다.

"아저씨는?"

"가셨지. 여기 시골 사람들은 무조건 칼퇴야."

정식을 따라 운동장을 가로질러 가는데 정식의 가구를 팔아 보고 싶다는 생각이 더 확고해졌다. BTL 계의 픽다운! 이번엔 홈 앤 리빙으로 진출하여 성공을 이루어 내겠다! 뭔가 새로 시작할 생각을 하니 쉼을 마친 심장이 다시 뜨거운 피를 펌프질하기 시작했다.

나는 걷다 말고 우뚝 서서 그를 향해 말했다.

"나, 네 가구 한번 팔아 보고 싶어."

앞서가던 정식이 돌아봤다. 무슨 개소리야? 하는 얼굴. 개의치 않고 당당히 나의 판매 전략을 브리핑했다. 브랜드 이름과 로고를 만들고, 가구와 소품 사진을 찍어 온라인으로도 판매를 할 수 있도록 온라인 몰을 만들자. 여기까진 기본. 디자이너 프로필 사진도 찍고 인터뷰를 해서 각종 매거진에도 싣는 거야.

홍보 톤은 리사이클로 잡고 착한 브랜드로 SNS에 리사이클 챌린지를 해서 소문을 내는 거야…. 다 듣지도 않고 정식은 단박에 거절했다.

"싫어."

"왜?"

"왜가 어딨어, 팔기 싫다는데!"

"내가 너 진짜 유명한 디자이너 만들어 준다니까? 나 진짜 좋은 물건 보는 촉 하나는 기가 막혀! 나 한번 믿어 보라니까?"

"내가 말 안 했나? 나는 유명해질 생각 없어. 그리고 내 가구는 그렇게 의미 없이 아무한테나 막 파는 그런 가구가 아니야."

"와, 완전 예술 병 제대로네? 그럼 가구를 뭐 하러 만들어? 그냥 예술 작품을 만들지?"

고집인지 아집인지, 복장이 터지기 일보 직전인데, 툭툭 소리를 내며 빗방울이 떨어지기 시작했다. 오늘 비 온다는 얘기가 있었나? 스마트폰을 열어 날씨를 보니 서울은 맑음, 하지만 강원도에는 태풍 '프란시스코'가 북상하는 중이란다. 얼마나 위험한지 뉴스는 온통 태풍 경보로 도배 되어 있었다. 하늘은 번개를 금방이라도 토해 낼 듯 번쩍거리고, 구름은 폭우를 쏟아

낼 준비를 위해 힘을 똘똘 뭉치고 있었다.

정식은 작업실 밖으로 뛰어가 제재된 나무들 위로 비닐을 씌우기 시작했다. 비를 맞는 건 괜찮지만, 태풍에 나무가 날아가면 위험하니 미리 채비를 해야 한단다. 정식은 한사코 혼자 하겠다고 했지만 나도 뛰쳐나가 그를 도왔다. 큰 소나무를 기준으로 밧줄을 엮어 목재 골조가 날아가지 않도록 꽁꽁 싸맸다. 폐어선의 나뭇조각들은 학교 안으로 모두 들였다. 그사이 하나둘 떨어지던 빗방울은 매서운 기세로 쏟아지기 시작했고, 하늘도 번개를 토해 내기 시작했다.

정리를 마치고 나니 처량할 만큼 축축하게 젖어 버린 우리는 정식이 숙소로 쓰는 교실로 들어왔다. 정식은 화목난로에 장작을 넣어 불을 지피기 시작했다. 얼른 난로 앞으로 가 옷과 몸을 말리려는데 정식은 쪼그려 앉은 내 무릎 위에 옷가지 몇 개를 툭 올렸다.

"내 옷인데, 이거라도 입어."

그러더니 정식은 티셔츠를 훌러덩 벗었다.

"아니. 무슨! 옷을 이렇게 갑자기 벗어! "

상의 탈의를 왜 이렇게 아무렇지도 않게 해? 참나, 난 뭐 여자도 아니란 거야, 뭐야? 에헴!　괜히 헛기침을 하면서 화장실로 나가 옷을 갈아입고 다시 난로 앞에 앉았다. 조명은 흔들리고 비는 더 세차게 천장을 두드렸다.

"놀자더니, 순 일만 시키고."

"요즘 한가한가 봐?"

중요한 클라이언트였던 황 과장을 홧김에 들이받으며 사실상 백수가 되었다는 얘길 해 주자 정식은 큰 소리로 웃었다. 얘는 이제 내가 무슨 말만 해도 빵빵 터진다. 나, 개그에 소질 있었나?

"야, 정말 잘했다!　"

"도대체 뭐가 잘했다는 거야? 나 이제 백수라고!　남이야 어떻게 되든 상관없다는 거야?"

"세상에서 내가 제일 귀한데, 자꾸 견디게만 하는 거, 나한테 미안하잖아."

정식은 엉덩이를 털고 일어나며 이어 말했다.

"잠시 쉼표 찍는 거라고 생각해. 일도 중요하지만, 치열하게 쉬는 것도 정말 중요한 일이라고."

흥!　네가 뭘 안다고 충고를?

"삶은 달리기랑 비슷해. 빠르게 뛰어가는 사람들을 보면 내가 너무 느리게 가나… 조바심이 나지. 그래서 무리해서 쫓다가 내 페이스를 잃는 거야."

"그럼, 그냥 져 주라고? 경쟁하지 말고?"

"그 사람들은 단거리를 뛰는 중일지도 모르잖아. 장거리를 달리는 사람들은 속도는 느려도 더 호흡이 길고, 안정적이거든. 체력을 분배하는 거지."

늘 남들보다 늦다고 생각했던 시간들이 도착 지점을 더 멀리, 더 길게 잡고 있었다고 생각하니 퍽 위로가 되었다. 좋아하는 일을 지치지 않고 오래 하기 위해서는 숨을 고르는 시간도 필요한 법이니까. 인정하고 싶지 않지만, 네가 나보다 어른이다. 인정!

정식이 서랍장을 열어 와인을 한 병 들고 와 흔들었다.

"와인 어때?"

술을 마시자고? 집엔 안 갈 셈이야? 아니, 어쩌면 처음부터 작정한 거 아니야? 그런 거면 미리 내색이라도 좀 해 주지. 나 오늘 속옷을 뭐 입었더라…. 순진한 척하기엔 나이가 적지 않고, 노골적인 건 매력이 없으니 노련하게 대처하기로 한다. 여유롭고 담백하게.

"운전은 어떻게 하고?"

"저기 텐트도 있고, 한숨 자고 올라가면 되지. 어차피 지금은 비가 너무 많이 와서 위험해."

이 남자 앞에선 아무리 여유로운 척해 봐야 자꾸 당하는 느낌이다. 나보다 더 여유롭다. 더 노련하다. 얼굴이 자꾸 빨개진다. 나, 또 졌다. 장작 앞이라 그런 거야. 지금 얼굴이 더워. 그래서 그래…

여름 더위가 한창인데도, 비를 맞고 불 앞에 앉으니 노곤하고 나른하다. 쪼그려 앉은 채로 캠핑용 티타늄 컵에 따른 와인을 홀짝이며 정식을 훔쳐봤다.

왜 머리는 저렇게 빗질을 안 하고 다닐까? 곱슬인가? 부스스한 게, 꼭 털 엉킨 유기견 같네. 정제되지 않은 매력? 아니면 엉성하고 어지러움 속에서 느껴지는 불규칙의 미학이랄까? 근데 네 얼굴엔 슬픔이 옅게 깔려 있어. 여자들이 두려워하는 나쁜 남자 관상이야. 매운 떡볶이를 끊을 수 없는 것처럼 말이야. 한번 너한테 빠지면 도망칠 수 없을 것 같은 그런 느낌. 눈은 쭉 찢어졌는데 웃으면 반달이 돼 버리는. 그렇게 무해하게 웃어 버리면 미워할 수 없는 그런 눈. 넌 어디 가서 함부로 웃지 마라. 여자들 다 뒤집어질 거니까. 그런데 그 입술 말인데… 립밤 어디 거 쓰니? 향기가 좋을 것 같아. 한 번만 그 촉감을 느껴 봐도 될까? 그 곱슬머리 한 번 만져 봐도 될까? 그나저나, 넌 남녀가 친구가 될 수 있다고 생각해? 그것도 평생?

나도 모르게 이끌리듯 그에게 키스하고 말았다. 입술을 부딪친 뒤에 자각하고 말았으니, 인간의 본능이 얼마나 무서운지 그 순간 깨달았다. 얼른 그에게서 입술을 떼어 냈다. 그와 나는 그렇게 꽤 오랫동안 말없이 있었는데, 실제로는 1초도 안 지났을지 모른다.

"나, 네 가구 돈 벌려고 팔겠다는 거 아니야. 유명한 게 무조건 최고라는 것도 아니고. 아까 나무를 안으면서 생각했어. 그 나무에서 들리는 숨소리가 네 가구에서 들렸거든."

내가 지금 무슨 소릴 하고 있는 거지? 아주 구구절절… 애쓴다, 애써! 충동적으로 입술 박치기를 하고 나서 할 말은 좀 아니지 않나?

"나… 네 나무가 좋아졌어!"

나다운, 진짜 미쳤냐? 왜 나무한테 고백을 하고 앉아 있는 건데!

정식의 입꼬리가 살짝 들썩거렸다. 역시 비웃고 있음이 틀림없다. 다 망해 버렸다고 생각하는 그때, 정식의 얼굴이 갑자기 내 코앞으로 훅 다가왔다.

"난… 네가 좋아졌어."

정식이 내게 다가와 키스를 했다. 아주 깊고 진하게.

우리 둘은 젖어 있었고, 밤이었고, 장작이 타오르고 있었다. 이런 조건이 맞아떨어지면? 남녀 사이에 친구는 있을 수 없다. 그리고 키스가 뜨겁게 좋았다면, 거기서 끝나는 밤도 내 사전에 있을 수 없고.

그와 살결을 맞닿으며 약간의 대화를 했다. 여긴 어떤지, 그리고 저긴 어떤지. 그는 반창고처럼 항상 들고 다닌다며 콘돔을 꺼냈다. 너는 센스까지 갖췄구나. 우린 여러모로 잘 맞다. 티키타카가 좀 맞는 달까. 처음 만났을 때부터 그랬다. 음식을 남기지 않는 알뜰함도, 제 가치관을 사회의 통념에 맞춰 굽히지 않고 살아온 저 강직함도 마음에 든다. 확실히 내가 이 남자를 좋아하고 있다는 생각이 들어옴과 동시에 두려워졌다.

나… 비혼주의자를 사랑해도 될까?

✦

　한여름 대관령의 바람은 따뜻하고 달큰하다. 서울로 돌아오는 길에 깜빡 잠이 들었다. 차에서 얼마나 잔 건지, 정식의 프라이드는 달달거리며 벌써 동네 골목으로 진입하고 있었다. 라디오에서는 익숙한 음악이 흐르고 있었다. 송골매의 '처음 본 순간'은 아빠의 최애곡이다.

　오 그대, 그대를 처음 본 순간,
　이 내 맘은 뜬구름 하늘을 훨훨 날으고.

　우리 관계는 뭘까? 친구? 아니면 썸? 밤을 같이 보내고 관계 정의나 닦달하는 그런 촌스러운 타입의 여자는 아니지만, 너 어제 분명 내가 좋다고 했잖아. 나도 네가 좋거든. 그런데 정식이 사귀자고 하면 어떻게 하지? 결혼하기 싫다고 호준과 헤어졌으니 비혼주의자인 정식을 만나는 건 자연스러운 과정인 걸까? 그래, 일시적이지만 지금은 나도 비혼주의자니까. 그런데 나, 이 남자가 정말로 좋아져서, 결혼하고 싶어지면 그땐 어떻게 하지? 매일 아침 함께 눈을 감고 뜨고 싶어지면? 그와 헤어지고 싶지 않아서 법적으로라도 우리 관계를 증명받아, 꽁꽁 묶어 놓고 싶어져 버리면? 그땐… 그땐 어떻게 해야 하면 좋지? 정식이 죽어도 결혼은 안 하겠다고 하면 분명 나는 상처받을 거야. 이런 미래 없는 관계… 너 자신 있어?

"오, 그대. 그대와 처음 만난 그 날, 이 내 맘은 한없이 즐거웠네~ 어쩌면 그렇게 예쁠 수가…."

운전을 하며 흥얼거리듯 노래를 부르는 정식을 보았다. 복잡한 남의 마음도 모르고, 한없이 즐거워서 좋기도 하겠다. 그때, 돌아보는 그와 눈이 딱! 마주쳤다.

"있을까… 어우, 야…."

"왜? 뭐?"

입술 끝에서 목까지… 끈적한 체액이 흘러내리는 걸 직감적으로 알 수 있었다. 만성 비염인 나. 코를 심하게 골아서 절대로 남자 앞에서는 잠들지 않기로 다짐했었는데….

호준과는 일 년을 만나면서 한 번도 잠든 모습을 보여 준 적 없었다. 물론 같은 침대에서 잠들긴 했으나, 항상 도둑잠을 자면서 위기를 모면했다. 어제도 정말 허벅지를 꼬집어가며 밤을 새웠건만… 잠깐 방심했다.

"다운이 많이 피곤했구나?"

"어제 너무 못 자서 그래!"

정식은 검지로 내 입술을 쓱 닦더니, 내 바지에 다시 쓱 닦는다.

"침은 좀 닦고 말하자, 응?"

"미, 미쳤어! 진짜!"

"어제 못 잤다고? 아니던데?"

"아, 당연하지! 그 딱딱한 바닥에서 불편해서 잠이 오겠냐고! 나 이래 봬도 귀하게 자랐다?"

투닥거리는 사이, 집 앞에 도착했다. 먼저 차에서 내린 정식은 허공을 멍하니 보고 있다. 뭐야, 도대체 어딜 보는 거야. UFO라도 본 거야? 차에서 내려 정식에게 소리치는데 어째 뒤통수가 싸했다. 일말의 의심 없이 고개를 돌린 순간, 남해에서 오징어 말리고 있어야 할 엄마가 왜… 거기 계시죠? 오징어 외계인의 우주선이라도 타고 오셨나요?

✦

 급하게 정식을 돌려보내고 집으로 들어왔다. 김치를 핑계로 비혼을 선언한 막내딸의 동태를 살피러 온 가족들은 소기의 목적을 달성한 얼굴이었다.

 "너 비혼한다고 그런 거, 그렇게 문란하게 살려고 연막 친 거니?"

 하, 엄마도 참, 무슨 말을 그렇게 섭하게 하실까. 내 나이가 벌써 서른다섯이에요. 남자랑 외박하면 문란하다? 엄마, 그렇게 옛날식 사고방식을 고집하시면요, 요즘 꼰대 소리 들어요. 처녀성을 들먹이는 시대에 태어난 여성들, 정조를 강요받던 시대에 태어난 여성들이 얼마나 자유를 억압받았는지 아시냐고요. 나는 어디가 좋은지, 어디가 싫은지 알지도 못한 채로 살아가는 게 맞나요? 그렇게 엄마의 딸이 남성들이 하라는 대로만 움직이는 수동적인 성생활로, 평생 오르가슴이 뭔지도 모른 채 그렇게 늙어 죽기를 바라시는 거냐고요, 정녕!

 "윤서는 벌써 애 가졌다 그러는데 넌 어쩌려고 그래! 내일

당장 애를 낳아도 노산이야!"

 하, 역시 그거였어. 섹스가 문제가 아니라 사정이 문제인 건가요? 가방 속 콘돔을 당장 버리라고? 아무래도 오늘은 엄마가 작정을 하고 온 모양이지만, 그동안 나도 서러웠다. 열심히 좀 살겠다는데, 내 이름 떨치며 멋진 여성으로서 살아가고 싶다는데, 노산이 내 앞길을 가로막다니. 왜 노산 때문에 결혼과 출산을 원하지도 않는 상황에, 누군가의 여자와 아이의 엄마가 되어야 한다고 강요받아야 한단 말인가. 나는 나로서 사랑받을 수 없는 존재란 말인가? 왜? 내가 흔하디흔한 세 번째 딸이라서?

 그때 작은언니가 눈치 없이 나의 발작 버튼을 눌러 버렸다.

 "요즘은 난자 냉동도 한다던데, 다운이 내년이면 노산인데 난자 냉동은 어때?"

 나이가 들어가고 있으니 당연히 난자도 힘을 잃으며 늙어가겠지. 하지만 지금은 언제가 될지 모르는 미래를 위해 돈과 시간을 쓸 만큼 한가하지 않다고! 당장 눈앞에 닥친 일을 처리하기에도 충분히 버겁다고! 나 좀 내버려 두라고!

 "뭐? 난자 냉동? 언니, 그게 나한테 지금 할 말이니?"

 "다정이가 못 할 말 한 것도 아니고만, 성질은!"

"엄마는 내가 결혼하고 애 낳는 게 그렇게 중요해? 큰언니 그렇게 일찍 시집보내고, 어떻게 사는지 알고는 있어? 큰언니 집 나와서 서울서 여태 있다 엊그제 캐나다 갔어! 그리고 작은언니는 어렵게 들어간 회사, 애 낳고 복직도 못 하고 저렇게 아줌마가 된 게, 엄만 그게 좋아 보여? 엄마 딸이 그렇게 사는 게 좋냐고!"

당황하는 아빠, 고개 숙이는 작은언니, 주저앉는 엄마.

"뭐? 다영이가 서울엔 왜? 다정이, 네가 말 좀 해 봐라! 다운이가 하는 말이 이게 다 뭐야?"

엄마가 작은언니를 채근하자, 작은언니가 코너에 몰린 하룻강아지처럼 몸을 비비 꼬더니 입을 열었다.

"아니… 언니랑 형부 이혼한다고…."

엄마는 작은언니의 말을 툭 잘라먹고 김 서방이 왜 그러느냐고, 큰 애가 돈을 헤프게 썼거나 살림을 똑부러지게 못 산 거 아니냐는 둥, 시댁에 잘 못 보인 게 있냐는 둥, 형부 편을 들고 나섰다. 늘 엄마를 연민하며 살았는데, 오늘로써 정나미가 다 떨어지려 한다.

"애들 캐나다 보내고, 형부는 딴 년이랑 살림 차려 살아. 시댁에서 인간 취급 못 받는 건 기본이고 십 년 넘게 둘이 따로 살았대. 언니는 여태 잘 사는 척 다 연기한 거야. 그런데도 언니는 가족을 지킨다고 여기까지 온 거야. 이래도 형부가 옳아? 엄마는 도대체 누구 편이야? 가족이 뭔데? 뭐가 그렇게 중요해서 그렇게 악착같이 지키는데? 뭐가 그렇게 좋은 거라서 자꾸 나한테 결혼하라 하느냐고! 결혼해서 잘 사는 꼴을 보여 주고나 강요하라고! 나는 엄마, 아빠처럼 살기 싫다고!"

엄마는 자리에 털썩 주저앉았다. 아빠는 엄마를 부축했고 괜찮냐며 팔다리를 주물렀다.

"아빠도 그래! 아빠, 행복해? 나는 아빠 보면 식물인간 같아. 영혼이 없어. 왜 그러고 살아? 행복하지 않잖아. 양보하고 희생하고…. 그게 마냥 좋기만 한 줄 알아? 이제 자기 삶들 좀 살자, 제발…. 하고 싶은 것들 좀 하고 살라고 제발…."

방에 들어와 화를 삭이고 있는데, 아빠가 들어와 가만 내 등을 쓸며 말했다.

"다운아, 네 눈엔 엄마, 아빠가 이러고 사는 게… 답답해 보일지 모르지만, 우리는 행복해. 그것도 아주 많이. 아빠가 꿈 접고, 고향 와서 이 작은 촌구석에서 이러고 살아서… 청춘 잃고 꿈 뺏겨 죽은 인생처럼 느껴지긴 했지. 맞아, 네 말이. 그런데 불행하지는 않았어. 니들 보면서 행복했어. 한 번씩 집에 내려와서 얼굴 보여 주면 좋고, 우리 세 딸들, 너무 멋지고 장하고…. 그때 잠깐 니들 크는 거 덜 본 게 얼마나 후회되나 몰라. 그 아까운 시간들을 꿈 그까짓 게 뭐라고. 이 행복, 니들도 느꼈으면 싶어. 그래서 자꾸 결혼하라고 하고, 애 낳으라고 하는 거야. 인생, 힘든 고비들 지날 때마다 가족 때문에 버텼으니까, 만약에 나중에 너희들이 너무너무 힘든 일이 생기면 그때 버틸 힘을 주는 게 가족이니까. 새끼니까. 그러니까 다운이 너한테도 그런 가족이, 품이 생겼으면 한 거야."

"나 가족 있잖아. 아빠, 엄마, 언니들이 내 가족이잖아!"

"언제까지고 아빠, 엄마가 니들 곁에 있을 수 없잖아. 꿈, 일, 다 좋지… 다 좋은데… 결혼하고 가족 꾸려서 애들 크는 거 보면 그런 거 다… 하잖드라고. 아빠는 이제 기타 안 쳐도 행복하거든. 정말이야."

"그만하고, 내려가 시동 걸어요! 그 망할 놈의 집안, 불 싸질러 버릴 거니까."

엄마는 방문을 열어 소리치고, 현관 밖으로 뛰쳐나갔다.

작은언니는 작은 형부에게 다급하게 전화해 속사포 랩을 쏟아냈다.

"여보, 지금 큰 형부 어디 있대? 엄마가 지금 불을 지르러 간대! 알지? 울 엄마 한다면 하는 사람인 거. 말려야 해! 당신 어디야. 빨리 형부네 회사로 좀 가 봐!"

엄마와 작은언니가 나가는 소리에 한바탕 소란이 났다가 현관문이 쾅 닫혔다.

큰언니는 강단 있는 엄마를 꼭 빼닮았다. 엄마처럼 어디서든 팔을 걷어붙이고 나서서 일했고 요리도 잘했다. 손도 야무져서 다들 언니를 예뻐했다. 아빠랑 엄마를 반반 섞은 작은언니는 결혼 후로는 아이 둘을 낳고 알뜰살뜰 살림하며 시댁에서 귀염받는 며느리가 되었다. 나는… 나는 아빠를 많이 닮았다. 내가 7살 때 사진과 아빠가 7살 때 사진을 비교해 보면 빼다 박은 듯했고, 엄마는 '성격이 꼭 지 아빠 닮아서 베짱이 기질이 다분하다'고 혼잣말을 자주했다.

그래서인지 나는 행여 아빠가 불행하진 않을지 자주 신경 썼다. 나를 낳고 나서 아빠는 꿈을 포기했으니까. 그런데 아빠는 행복했단다. 나 때문에 불행했던 것이 아니라, 내 덕분에 불행을 견뎠다고 했다. 나를 보며 꿈같은 건 하찮아졌다고….

그런데 아빠… 나는 그래도 아직은 꿈이 좋아. 내 일이 좋아. 아빠가 말하는 그 행복, 겪어 보지 못한 그 크나큰 행복 때문에 지금 느끼는 행복을 포기하고 싶지는 않아. 나는 보장된 행복을 누리고 싶어. 열심히 일한 뒤에 얻는 돈도 좋고, 그 돈으로 대출을 갚으며 얻는 뿌듯함도 좋아. 퇴근하면 좋아하는 술집에 들러 아는 맛의 안주에 소주 한 잔 마시는 하루가 좋다고. 큰 대가를 지불하고 얻는 벅찬 행복보다 작은 성취감을 느끼며 소소한 행복을 느끼며 살고 싶어. 그런 걸 하찮다고 하지 말아 줘. 사람마다 느끼는 행복의 기준은 다른 거잖아.

 휴… 그런데 말하고 나니까 하찮긴 하찮다. 나는 그릇이 큰 사람인 줄 알았는데 간장 종지였네. 왜 늘 이 모양일까. 밖에 나가선 찍소리도 못하는 주제에, 집에만 오면 이렇게 성질을 부린다. 이렇게 후회할 거면서…. 엄마, 아빠의 마음에 백 분의 일도 쓰지 못하는 애송이 주제에.

 "미안해, 아빠…."

 하고 싶은 많은 말을 삼키고, 미안하다는 말로 퉁치는 성의 없는 막내를 아빠는 가만히 안아 주었다. 눈물이 많은 것도 아빠를 닮은 탓이다. 아빠 품에서 옅은 담배 냄새가 났다.

비혼은 처음이라

　윤서의 메신저 프로필 사진이 자궁 초음파 사진으로 바뀌었고, 인스타그램 피드는 임신 테스트기의 두 줄 사진, 초음파 사진, 시댁에서 보낸 꽃바구니와 남편의 명품 가방 선물로 바쁘게 업로드됐다.

　윤서와 그날 이후로 개인적인 연락은 하지 않았지만, SNS에는 꼬박 '하트'를 눌렀다. 여기서 하트를 누르지 않는다면 '난 여전히 네게 화가 난 상태'가 된다. 언팔로우까지 한다면 '손절'의 시그널. 윤서와 얼굴을 붉힌 날 이후로 만성 소화불량에 시달리는 것 같았다. 윤서의 임신 소식을 안 이상 모른 척할 수 없고, 사과도 할 겸 축하 메시지를 보내자 윤서는 무슨 일이 있었냐는 듯 반갑게 답하며 신혼집으로 초대했다.

백화점에서 아기용품 선물 세트와 윤서가 좋아하는 꽃 몇 송이를 샀다. 호준과 헤어졌을 때도, 정식을 좋아하게 되었을 때도 네게 제일 먼저 알리고 싶었다고 말해야지. 최윤서식 담담한 위로와 냉정한 조언이 필요했다고 말이다.

윤서의 아파트는 1층 입구에서 한 번, 엘리베이터에서 한 번, 윤서가 사는 23층의 복도에서 한 번, 그리고 진짜 현관문에서 한 번, 카메라로 얼굴을 확인하고 또 확인해야 출입할 수 있었다. 영화에나 나오는 금괴가 잔뜩 쌓인 은행 금고에 들어가는 기분이었다.

현관문을 열고 긴 복도를 지나자, 한강이 한눈에 들어오는 통창으로 된 거실이 나왔다. 우리 집 전체 평수에 두 배를 곱한 것보다 넓은 거실은 미드 센추리 스타일의 모던한 가구들이 튀지 않게 배치되어 있었다. 윤서는 침실, 주방, 거실을 차례로 보여 주고 나머지 작은 방들은 그냥 텅 비어 있으니 볼 필요도 없다고 했다. 이런 집에 살면 저절로 마음의 여유가 생길 것 같다. 어떤 나쁜 일이 닥치더라도 너른 집에서 여유롭게 마음을 치유할 수 있을 테지. 어쩌면 그녀는 나와의 일은 벌써 잊었는지 모른다.

윤서는 꿀벌이를 만난 그동안의 일을 시간순으로 수다스럽게 전했다. 그녀는 결혼과 동시에 직장을 그만두고 임신을 위해 엽산을 먹었는데, 꿀벌이가 생겼다고 한다. 꿀벌이는 윤서의 자궁 속에서 살고 있는 생명의 태명인데, 태몽으로 꽃에 꿀벌이 찾아왔다고 태명을 그렇게 지었다. 어딘가 일차원적이면서도 낯간지러운 표현들이 겸연쩍었지만 티를 내진 않았다. 다소 나이가 많아서 걱정을 했지만 다행히 안정기에 접어들었고, 지금은 문화 센터 몇 군데를 돌며 임산부 요가나 프랑스 자수 같은 걸 배우러 다닌다고. 그래서 그날은 아무래도 호르몬 때문에 감정 조절이 어려웠던 것 같다고 말했다.

  "미안, 지난번에 내가 말이 너무 심했어."

  윤서와 손을 맞잡고 진심으로 사과를 주고받았다. 이번엔 내 차례다.

  "뭐? 헤어졌어?"

  "호준 씨랑 헤어지면서 알았어. 내가 결혼을 원했던 게 아니라는 걸. 지금은 회사도 다시 안정시켜야 하고… 대출도 갚아야 되고. 내가 통제하고 책임져야 할 일들이 이미 너무 많은데 여기다 결혼까지 더해서 인생을 복잡하게 만들고 싶지 않아.

단순하게 살고 싶어."

그리고 빼놓을 수 없는 근황 한 가지 더. 비혼주의자를 좋아하게 되어 버렸다는 거.

"제정신이야? 너보고 결혼하자는 남자는 걷어차 버리고, 이번엔 비혼주의자라니. 너 변태야? 왜 이렇게 인생이 극과 극을 달리냐? 중간이 없어, 중간이…. 너 벌써 그 남자한테 푹 빠졌어. 그 눈깔이 아주 돌아 있다고!"

그래? 내 눈깔이 왜, 내가 원래 좀 로맨스 눈깔이야.

"근데 뭐 사귀는 건 아니야. 사귀자고 안 했으니까 사귀는 건 아니지."

"잤으면 사귀는 거 아니야?"

"글쎄…?"

"그 남자 나쁜 남자지? 섹스하고 관계 정의 안 하고, 자기 비혼주의자라 말하고 다니는 남자. 지금 우리 나이에 그런 불안한 남자, 최악! 야, 이건 좀 아니지 않아?"

내가 착각한 걸까. 넌 여자를 불안하게 하는 나쁜 남자였을까? 아니, 아니다. 내가 불안하게 하는 남자랑 떨리게 하는 남자도 구분 못 할 거 같아? 그 남자 생각하면 불안해서가 아니라

설레서 떨린다고. 그리고 그 사람, 얼굴은 나쁜 남잔데, 속은 또 안 그래. 안전한 남자야. 증거 있냐고? 제 사람을 다 소개해 줬는데, 그게 증거가 아니면 뭐야?

"그럼 확 사귀자고 해."

"그런데… 그러다 그 사람이 너무 좋아져 버리면? 결혼하고 싶어지면?"

"상처받는 수밖에."

사랑이 인생의 전부인 줄만 알았던 치기 어린, 아니, 취기 가득했던 이십 대. 나의 취향보다 애인의 취향이나 식성을 더 많이 수집하던 부질없는 날들을 지나 삼십 대 중반이 된 지금, 나의 과거와 현재의 내가 싸운다. 객관적으로 나빴던 남자들과의 연애 기억들이 안 좋은 예로 버젓이 남아, 또다시 같은 실수가 반복될까 노심초사한다. 지난날을 부정해 봐야 소용없지만, 그때로 다시 돌아가고 싶지 않다는 생각을 하자, 점점 마음에 먹구름이 낀다. 윤서의 이야기로 말을 돌렸다.

"넌 어때? 결혼하니까 좋아?"

"누군가의 보살핌을 받고 나도 누군가를 보살피고 품어 줄 수 있는 아늑한 둥지 안에 들어온 기분이야. 그리고 무엇보다… 돈 버느라 사회생활 하면서 이리저리 치이지 않아도 되는 것도… 솔직히 너무 좋아. 너, 미리 말하는데 남편이 벌어오는 돈으로 사는 여자라고 비난할 생각 하지 마."

나도 이맘때쯤이면 당연히 결혼해서 평범의 대열에 오를 줄 알았다. 그렇게 일반이라 불리는 이들의 궤적을 지표 삼아 살 거라 예상했던 나의 삶이, 이토록 완전히 반대의 방향을 달리고 있는 지금은 더더욱 윤서를 비난할 수 없었다.

한 번이면 실수, 두 번이면 습관, 세 번이면 돌이킬 수 없는 거라는데 또다시 감정에 휘둘리고 있는 내 모습에 한숨이 난다. 정답을 모르겠다. 인생은 왜 이렇게 어려운 질문만 내게 던지는 걸까.

윤서를 만나고 돌아오는 길에 여름 소나기가 세차게 내렸다.

✦

　가만히 앉아만 있어도 땀이 흐른다. 올해 7월은 40도에 육박하는 폭염이 일주일이 넘도록 지속되고 있었다. 본격적인 여름은 시작도 안 했다는데, 다음 달은 또 얼마나 더우려나. 가족들이 다녀간 후로는 이래도 되나 싶을 정도로 잠잠했다. 별일이 없었고, 진짜 일도 없었다. 이 와중에도 사무실 월세나 공과금은 꼬박 송금되었고, 가난해질 줄 모르고 긁어댔던 신용카드의 죗값을 치르느라 통장 잔고는 의기소침해진 상태였다.

　캐나다에 간 큰언니는 가끔 혼자 카페에 나가 커피를 마실 때면 영상통화를 걸어왔고, 나이아가라폭포에서 조카들과 함께 찍은 엉망진창 셀카를 보내 주기도 했다. 엄마에게 언니의 이혼을 폭로한 것은 언제 들켜도 들킬 일이니 책임은 묻지 않겠다고 했다.

　한바탕 난리가 있던 그 날, 작은언니가 전한 상황은 이러했다. 두 팔을 걷어붙이고 형부의 사무실로 향하는 엄마의 모습은 마치 홍해를 가르는 모세와 같았고, 주변의 그 어떤 인간도 김옥경 여사를 막을 수 없었으니 천지가 개벽한 날이라고 표현해도 좋을 것 같았단다. 나라님도 내 딸 눈에 눈물을 내면 가만둘 수 없다고, 불을 지르려는 엄마 앞으로 형부가 부들부들 떨면서 무릎을 꿇고 '장모님, 잘못했습니다!' 싹싹 빌었다는 얘기도 빼놓지 않았다. 하지만 엄마는 개소리 집어치우고 위자료나 준비해 놓으라고 으름장을 놓고 돌아왔다는 전문.

그리고 그날 이후로도 여전히 나의 결혼은 가족들에겐 화두였으며, 막내가 말은 그렇게 해도 인연이 나타나면 결혼하지 말래도 할 거라며 철석같이 믿는 눈치였다. 그래도 내가 스트레스받을지 모르니 최대한 결혼이나 출산, 나이 얘기는 하지 않는 게 좋겠다고 자기들끼리 약속이나 한 모양이었다. 아빠는 제 하고 싶은 대로 하고 살게 내버려 두라고 은근히 내 편을 들기도 했지만 그럴 때면 엄마의 눈총 때문에 먼 산을 바라보곤 한다는 게 역시나, 작은언니의 정보였다.

사무실에 들렀다가 집으로 돌아오는 저녁, 집 앞에 익숙한 행색의 남자가 서 있었다. 언제 올지도 모르는 나를 기다리고 있는 정식을 보자 편의점에서 마주쳤던 날도 우연이 아니었다는 확신이 들었다.

"나 기다렸어?"

정식은 하고 싶은 말을 아주 오랫동안 연습이라도 한 듯, 나를 보자 제대로 인사도 없이 쏟아내듯 말했다.

"생각해 봤는데 말이야…. 그렇게 진심이라면 한번 해 보자."

뭘 해 보자는 거야? 사귀자고?

"내 가구, 팔아 보자고. 도와줘, 파는 거."

피시식… 김새는 소리. 아… 그거. 사실 까먹고 있었다.

"갑자기 왜 생각이 바뀌었대?"

"생명을 나눠 준 나무한테 면목이 서는 일을 하고 싶었어. 돈, 유명세… 그런 거 좇으려면 나무 만지는 일 하면 안 되거든."

그는 나무의 이치를 이해하는 사람과 일하고 싶다고 했다. 그날 내가 나무를 안고 있는 모습이 자꾸 생각나서, 나와 함께 일을 하겠다고 결심했단다.

"내 꿈 얘기했나? 난 남의 일 말고, 내 일을 하면서 살고 싶어. 남 흉내 내느라 진땀 빼는 삶 말고, 나답게. 좋아하는 사람들을 곁에 두고 살면서 괴롭지 않게 사는 거. 그게 내 꿈이야. 부자가 되고, 유명해지고 그런 건 관심 없어."

그가 제 미래를 말했다. 물론 그 미래 속에 내가 있을지는 미지수지만, 오케이. 그러자고 했다. 네가 이루고 싶은 꿈에 닿을 수 있게 해 줄게. 그리고 그 꿈으로 내 꿈도 좀 이뤄 볼게. 정식과 대화는 그걸로 끝이었다. 정식은 우리 관계에 대해서, 미래에 대해서는 말하지 않았고, 나도 채근하지 않았다. 아니, 하지 못했다. 제 마음도 제대로 결정하지 못한 주제에 관계를 정의하자고 재촉할 수 없으니까. 어쩌면 그도 그럴지 모른다고 생각했다.

✦

 정식의 브랜드 이름은 '양철 나무꾼 J'로 정했다. 오즈의 마법사에 나오는 양철 나무꾼은 평범한 나무꾼이었는데, 저주를 받아 심장을 잃고 팔다리가 잘리면서 온몸이 양철이 된다. 양철 나무꾼은 도로시와 함께 모험하며 마녀를 물리치고 소원을 이루게 되는데, 그의 소원은 심장을 가지는 것이었다.
 "Now I can love*."

정식은 양철 나무꾼의 이 대사가 마음에 든다며 좋아했다. 소원이 고작 사랑을 할 수 있는 심장이라고? 일확천금이 아니라? 당신이 21세기 자본주의 사회에 살았어도 심장을 달라고 했을까? 나는 아니라고 본다.

   비타운의 거실 소파 테이블 위에 노트북 하나를 올려 두고, 정식과 나란히 양반다리를 하고 앉았다. 홈페이지에 정식이 작업한 가구의 샘플 사진과 정보를 업로드하는 방법을 알려 주는 중이었다.

   "자, 이렇게 사진을 올리고, 정보를 기입하는 거야. 나무의 소재나 사이즈를 상세하게 입력하고, 관리 방법도 올려 주면 좋을 것 같아."

   "이런 걸 보고 사람들이 사? 직접 만져 보거나, 앉아 보지 않고?"

   "무슨 원시인이야? 요즘은 다 이렇게 사. 고객이 주문하면 이렇게 폰으로 알람이 온단 말이야. 그럼 그 수량에 맞춰서 제작하면 되는 거지. 사후 제작 상품! 그러면 만들어 놓고 아무한테나 파는 상품이 아니고, 한 명의 고객을 위해 가구를 만들 수 있잖아."

아주 작은 반동으로 고개를 끄덕끄덕 했다.

"효봉 식당에 샘플을 몇 개 내놓는 것도 괜찮을 것 같아. 만져 보거나 앉아 보고 싶은 사람들이 와서 직접 볼 수 있게."

"그래, 형한텐 내가 부탁할게. 배달은 어떡하지? 가구 같은 건 택배로 갈 수 없어서 배달을 해야 할 텐데…."

"배달은 내가 전문이니까 내가 할게. 효봉이 형 트럭으로 운반하면 되겠다."

스마트폰으로 게임을 하던 필성이 거들었다.

정식은 퍽 설레는 눈치였다.

"이제 혼자 할 수 있겠지?"

작업하는 법을 알려 주고, 자리에서 일어나려는데 정식이 내 바짓자락을 잡으며 말했다.

"여기 인터뷰 작성하는 것도 좀 도와주면 좋겠는데, 너 바빠?"

"왜 이래, 대형견같이."

"어쭈… 이 형… 애교도 있어? 나 소름 돋아 버렸네?"

정식은 필성을 향해 발끈하며 말했다.

"안 닥칠래?"

주방에 있던 효봉 사장님까지 나와 한마디 거들었다.

"정식이가 다운이 오고 나서 많이 웃지? 둘이 보기 좋아."

민망했는지 정식은 노트북을 퍽 하고 닫더니 그대로 방으로 올라갔다.

양철 나무꾼 J는 유튜브 채널도 개설했다. 정식이 작업하는 과정을 처음부터 끝까지 촬영해 홍보 영상으로 사용할 목적이었다. 촬영에 익숙하지 않은 정식을 위해 액션 캠으로 혼자 작업하는 모습을 주로 찍고, 가끔은 내가 직접 촬영을 하며 인터뷰를 하는 콘셉트였다. 김 선배는 사무실에서 정식의 제품 상세페이지를 작업하고, 찐이는 매거진과 인터뷰 일정을 조율하거나 박람회 카탈로그를 준비해 주기로 했다.

오늘은 촬영 첫날이니 가볍게 숟가락과 젓가락을 만드는 우드 카빙을 찍기로 했다. 정식은 먼저 라디오를 켜고, 작게 조각난 벚나무 하나를 손에 들고 앉았다. 그는 말없이 나무를 깎기 시작했다. 앵글에 담긴 정식을 보았다. 낡은 라디오에서 흘러나오는 DJ의 나른한 목소리와 사각사각 나무 깎는 소리를 듣는 게 좋았다. 횡계의 깊은 밤, 찌리찌리 풀벌레 소리와 나무 이파리들이 부딪히며 솨아아 하고 내던 바람 소리, 그리고 정식의 온기가 있던 그 밤이 자꾸 생각났다.

앵글 속에 담긴 정식을 보며 물었다.

"나 만나고 나서 많이 웃어?"

"네가 웃기긴 하지."

널 보면 웃음이 나. 뭐 이런 로맨틱한 말은 바라지도 않지만 웃긴다는 말은 좀 심하지 않나? 진짜 웃기는 남자다.

정식이 일어나 나무와 조각칼을 내밀며 말했다.

"한번 해 볼래?"

카메라를 끄고, 말없이 정식이 앉은 자리로 가 앉았다. 깎는 법을 알려 주려 정식은 뒤에서 내 손 위에 자신의 손을 포갰다.

"엄지에 너무 힘을 주지 말고, 스냅으로만⋯ 그렇지⋯."

심장이 터질 것 같았다. 이러다가 내 심장 소리가 정식에게 들릴까 봐 무슨 말이라도 해야 했다.

"강원도 작업실엔 또 언제 가?"

"곧 장마철이니까, 비 오기 전에 가야지."

"혹시 그날⋯ 진심이었어?"

못 참고 그날 밤 얘기를 꺼내 버렸다. 이런 쿨하지 못한 년. 찰나의 정적. 그걸 못 참고 또 주둥이가 춤을 춘다.

"혹시나 해서 하는 말인데 그날 일은 아무 의미 없었지? 뭐,

술도 취했고, 분위기도 좀… 그랬고."

　사실 불안했다. 정식이 진심이 아니었다고 할까 봐. 촌스럽게 그런 걸 아직도 생각하고 있느냐고, 나는 결혼 같은 거 관심 없는 비혼주의자니까 연애도 자유롭게 할 거라고, 우리 즐기기만 하자고. 그런 대답이 돌아올지도 모른다고 생각하니까 견딜 수가 없어서 먼저 선수를 쳤다.

　갑자기 분위기가 차가워졌다. 살얼음이 낀 공기를 깨트리는 정식의 말.

　"넌 아무 의미 없었어?"

　"없지, 그럼, 넌 뭐… 있었어?"

　"…오케이, 아무 의미 없었던 걸로."

　이게 아닌데…. 지금이라도 아니라고 말할까? 취소, 퉤퉤퉤. 그러고 다시 처음부터 대화하자고 할까? 사실 나는 두렵다고, 널 좋아하게 될까 봐. 아니, 널 좋아하게 돼 버려서 두렵다고. 그냥 솔직하게 말할 걸 그랬다….

　"나무 깎을 때 딴생각 하지 마. 다치니까."

　정식의 귀가 조금 빨개진 것을 눈치챘지만 다시 고개를 숙여 나무를 깎았다.

제정신이 아닌 상태로 만든 젓가락은 그냥 막대기 두 짝 같은 모습이었지만 투박한 게 꼭 그와 같아서 마음에 들었다. 사업도 망하게 생긴 마당에, 연애 사업도 망했다. 서른다섯의 여름이 그렇게 가고 있었다.

✦

"누나, 도대체 형한테 무슨 짓을 한 거야?"

여느 때처럼 퇴근 후 효봉 식당에 들렀다. 먼저 식당에서 맥주를 마시고 있던 지성이 물었다.

"무슨 짓이라니?"

"형 요즘 인간 샌딩기야, 24시간 중에 20시간을 사포만 친다고."

지성은 비밀이야기를 하듯 내 쪽으로 몸을 기울이고 목소리를 낮춰 "누나, 있잖아…." 하면서 말했다.

"이 집 들어오고 나서, 정식이형이 여자 사람을 데려온 게 누나가 처음이야. 아니, 여자 사람이랑 친구 하는 것도 처음이지 뭐? 나 그날 진짜 놀랐잖아. 사람이 확실히 변했어. 얼마전까지 콧노래를 부르고 별것도 아닌 거로 웃고 그러더니, 지금은 또 완전 땅굴 팠다니까? 요즘 아주 조증 환자 같아! 혹시… 누나가 형 찼어? 우리 형 싫어? 우리 형이 상처가 많아서 그런데, 좀 예쁘게 봐 주면 안 될까? 형이 왜 비혼을 결심했는지 누나가 알면….”

주방에 있던 효봉 사장님이 국자를 방망이 휘두르듯 들고나와서 지성에게 소리를 빽 질렀다.

"야! 왜 쓸데없는 말을 해!"

"누나도 형에 대해서 알아야지 관계를 발전하든지, 관두든지 할 거 아니냐고!"

"둘이 맘이 있건 말건, 말을 해도 정식이가 해야지. 들은 건 싹 잊어버려, 다운 씨."

명희 언니도 효봉 사장님과 같은 의견이었다. 정식은 워낙 자기 얘길 안 하는 사람이라 마음 같아서는 지성에게 듣고 싶은 얘기가 많지만, 나도 정식의 입으로 직접 듣는 편이 좋다고 생각했다.

"그런데 진짜 둘이 싸우고 그런 건 아니지?"

효봉 사장님의 질문에 민망했던 나머지 크게 손사래를 치며 최대한 극적인 표정과 몸짓으로 별일 아니라며 웃어 보였다. 우리 그런 거 아니라고…. 그런데 '그런 게' 뭔데…? 강한 부정은 긍정이라는데 시크하게 반응할 걸, 후회했다.

집으로 돌아와 침대에 누워 어김없이 그날 그의 온기가 자꾸만 떠올라 몇 번이나 눈을 질끈 감았다 떴다. 연락을 해 볼까 했지만, 괜히 혼자 오해하는 건 아닐까 싶어 관두었다.

결혼 없이, 멋지게, 더 멀리

　집 앞 골목에서 정식을 마주쳤다. 엄마가 보내온 과일이며 반찬들을 나눠 줄 핑계로 비타운으로 가는 길이었다. 그는 어딘지 모르게 바빠 보였고 지난번보다 더 수척해지고 야윈 느낌이었다. 아무 일도 없었다는 듯 툭, 장난을 가장해 말을 걸었다.

　"오, 양철 나무꾼님, 요즘 주문이 꽤 많이 들어오던걸요?"

　"나 사장님 덕분입니다. 정말 고마워."

　정식이 옅게 웃었다. 정식 특유의 슬픔이 묻어 있는 미소. 보는 사람 마음을 저릿하게 만드는 그 웃음.

　"어디, 가는 길이야?"

　짐이 가득 쌓인 트렁크를 보며 물었다.

　"혹시 서울 말고 다른 데서 살아 보는 거 생각해 본 적 있어?"

"다른 곳 어디?"

"그냥… 어디든. 같이 갈래?"

정식은 짐을 정리하다 말고 내 눈을 똑바로 보고 말한다.

"지금? 지금은 좀, 어, 그게…."

밑도 끝도 없는 질문에 당황한 나머지 눈도 제대로 못 마주치고 뚝딱거리고 있는데 정식은 동요하는 기색 없이 다시 짐을 챙겼다. 그러곤 트렁크 문을 쿵 닫고 다시 내 앞에 섰다.

"의미 없지 않아."

"어?"

"너, 나한테, 의미 없지 않다고. 그날 제대로 말 못 한 게 내내 맘에 걸려서 꼭 다시 말하고 싶었어. 그때 물었지? 왜 비혼이냐고."

훅 들어오는 그의 진지한 눈빛과 고백에 우물쭈물 바보같이 서 있자 정식이 이어 말했다.

"내가 아빠가 있긴 한데 말이야. 어디에서 뭘 하며 사는지 몰라. 나는 항상 엄마가 그만 울었으면 좋겠다고 생각했어. 크는 내내 생각했지. 절대로 난 누군가의 아버지도, 남편도 되지 않겠다고. 가족 같은 거, 필요 없다고. 여기 비타운 사람들을 만나기 전까지 난 항상 혼자였어. 안간힘을 쓰고 살았어. 문득 거울을 보면 아빠가 보여. 닮았더라, 그 인간이랑 나랑. 피는 못 속이나 봐. 그래서 다른 사람 인생 망칠 생각 말고 비혼으로 살기로 결심했어. 내가 그 인간 닮아서 책임지지도 못할 결혼을 하고, 아이를 낳고 살다가 힘들어지면 도망쳐 버릴까 봐서."

정식은 거기까지 말하고 잠깐 숨을 쉬었다. 입에 담배 하나를 물었다가 다시 담뱃갑에 넣고 말했다.

"유치하지? 이 나이 먹고 애도 아니고 부모 핑계."

부모를 생각하면 그저 감사와 사랑만 떠올리는 사람이 얼마나 있을까? 나 역시 부모에 대한 미움, 원망, 애처로움, 고마움, 사랑, 그리움을 포함한 수많은 감정들이 뒤범벅된 채로 산다. 싫은데 좋고, 좋은데 싫은 요사스런 변덕을 다스리면서.

나는 가족만을 위해 청춘을 다 바친 미련한 부모의 인생과 같은 길을 가고 싶지 않아서 결혼을 포기했는데, 그는 되레 가족을 지키지 못한 무책임한 부모를 닮기 싫어서 결혼을 포기한 거라 말했다.

다시 정식이 말했다.

"그러다 인도로 갔어. 근데 거기서 내가 뭘 배운지 알아? …

사랑이야. 참 우습지? 사랑을 피해서 도망친 곳에서 만난 게 사랑이라니…. 그곳의 아이들은 항상 웃어, 동네 주민들이 모두 몰려와 손에 작은 주먹밥을 쥐여 줘. 물질적으로 풍요롭지 않은데도 내게 마실 물을 주고, 빵을 건네고…. 그리고 진심으로 행복해 하면서 즐거워해. 말로 표현하긴 너무 어렵지만… 이런 게 사랑인가 했어. 날 바꿔 가며 애쓰는 결혼 따위 할 마음 없지만, 좋아하는 사람이랑 평생 이렇게 웃고 마음을 나누면서 살아 보고 싶다고 생각했어. 그래서 말인데… 나랑 비혼해 달라고 하면 너무 이기적인 건가?"

"…뭐?"

"너 정말 웃기거든."

이게 무슨… 프러포즈도 아닌 것이, 놀리는 것도 아닌 것이….

그러자 정식은 애초에 대답을 들을 생각은 없었다는 듯 다짜고짜 잘 지내고 있으라는 말을 남기고 차를 타고 가 버렸다.

비타운으로 들어가자 효봉 사장님, 명희 언니, 지성이 모두 나와 있었다.

"왜 다들 나와 있어요?"

"형 못 만났어?"

"만났는데?"

"누나한텐 형 어디로 간다고 말했어?"

지성이 호들갑을 떨며 물었다.

"폐목 보러 가는 거 아니에요?"

현관 앞에서 어리둥절하게 서 있는 나를 보던 명희 언니가 내 손을 잡았다.

"다운아, 정식이가 너 오고 참 많이 밝아졌어. 다운이는 언제나 밝고, 기운이 넘치는 사람이라고 정식이가 말했어. 제 인생에 긴 겨울밤이 지나고 찾아온 여름 태양 같다고. 표현에 서툰 사람이라 너한테 이렇다 저렇다 말을 다 안 했겠지만… 다운이라면 알고 있을 거로 생각해. 정식이의 마음이 얼마나 크고 무거운지. 결국, 네 선택이겠지만 나는 젊은 그대들이 현실에, 무게에 짓눌려서 마음에서부터 도망치는 것보단 직면하고 마주하길 바라. 행복을 위해서, 사랑을 위해서… 고군분투해 보길 말야. 정식이를 잡아 보는 게 어때? 다른 건 몰라도 그것 하나만은 내가 보장해. 정식이는 쉽게 변하지 않아."

이게 다 무슨 말이지? 이해가 안 되었다. 그가 떠났단 말인가? 이렇게 갑자기, 너 정말 웃기다는 말을 남기고 떠났다고? 진짜 웃기는 남자네.

고백과 작별 인사를 동시에 해 버린 그에게 화가 났다가 이내 미안해졌다. 두려워서, 좋아하는 마음을 애써 억누른 그 마음이 나와 같아서. 기대고 싶고 동시에 기대고 싶지 않은 어쩔 줄 모르겠는 그 마음을 너무 잘 알 것 같아서.

그렇게 사랑이란 감정을 채 발현시키지도 못한 채 그는 떠나 버렸고, 나는 여기에 혼자 남았다.

✦

최대한 바쁘게 지내기 위해 쭉 일만 했다. 그래야 슬픔에 마음을 잡아먹히지 않는다. 나쁜 남자, 찌질한 남자, 총으로 쏴 버리고 싶은 남자들에게 상처받고, 얼마간 무너진 채 종종 엉망으로 살아내던 지난한 세월을 지나며 나는 깨달았다. 이별을 극복하는 방법으로는 자기 계발만큼 좋은 게 없다는 걸. 외국

어를 배우거나, 살사 댄스를 배우거나 혹은 도전하지 못하던 프로젝트에 열을 올려도 좋다. 슬픔을 연료 삼아 무의식과 의식이 치열하게 움직이며 나를 성장시킬 수 있다. 그러다 보면 더 나아진 내가 되기 위한 간절함과 진정성이 더해져 자연스럽게 슬픔을 몰아내고, 더 아름다워진 자신을 발견하게 된다.

 1인분의 삶을 지켜내기 위해 할 수 있는 한 최선을 다하며 지내고 있는 와중에 '양철 나무꾼 J'의 유튜브는 알음알음 입소문을 타고 구독자 수가 늘고 있고, 픽다운 스토어를 통해 가구를 구매하는 사람도 늘고 있었다. 판매된 고객 정보는 정식에게 메시지로 전송되고, 정식은 그 정보를 받아 가구를 만든다. 그가 고객에게 가구를 배송하고 나면 고객이 구매 확정을 누른다. 정식은 떠나고 없지만 어디선가 가구는 계속해서 만들어지고, 고객에게 배송되고 있었다. 기어코 발신자를 찾아가고 싶은 마음도 있었지만 꾹 참았다. 그가 남긴 질문에 내 안의 답을 찾을 시간이 필요했다.

 오전에는 여의도에 있는 로지 백화점의 F/W 홈 앤 리빙 기획전을 위한 입점 프레젠테이션이 있었다. 여행에서 돌아온 찐까지 투입해서 김 선배와 일주일간 죽어라 매달려 만든 제안서를 발표하는 경쟁 피티였다.

 아침부터 부산을 떨고 로지 백화점 8층 콘퍼런스 대회의장에서 피티를 무사히 마치고 나오니 벌써 퇴근 시간이었다. 그 시간 강변북로는 그야말로 주차장이었다. 서강대교를 넘어 노을이 천천히 내려앉고 있었다. 하늘을 보며 상념에 빠져 있는 내게 핸들을 잡은 김 선배가 말했다.

 "나 쌍꺼풀 있잖아. 망친 거 알고 있어. 엄청 티 나지? 역시 성형수술은 강남에서 해야 했는데, 몇 푼 아끼겠다고 동네에서 수술해서는…. 근데 나, 후회 안 해. 망쳤어도 후회 안 한다고. 안 했으면 더 후회했을 거니까."

 "선배도 참… 무슨 성형 망친 얘길 이렇게 하냐?"

 "다운이 넌, 네 선택에 책임질 줄 아는 사람이잖아. 참으면 병나. 그러니까 너무 참지 말라고. 십 년을 넘게 봐온 넌 완전 몰입형이야. 사랑할 땐 사랑에 충실하고, 그리고 또 헤어지면 최선을 다해서 울고불고…. 인생 다르게 살고 싶다고 노래를 부르더니, 회사도 관두고서는 이렇게 자기 회사도 차리고 말이야. 진짜로 이렇게 하고 싶은 거 이루면서 살잖아. 난 네가 하는 선택들이 좋아. 매 순간 네 인생에 충실한 것 같아서. 나는 항상 재고 따지느라 아무것도 못 하거든. 너 알지? 내가 게으른 완벽주의자인 거. 그래서 너 보면서 항상 대리만족했어."

"그래서 하고 싶은 말이 뭔데?"

"그 사람 잡지 그래? 좋아하잖아."

뒷좌석에서 졸고 있던 찐은 언제부터 일어나 얘길 듣고 있었는지 눈을 감은 채로 말했다.

"무슨 부귀영활 누리겠다고 좋아하는 걸 참으면서 산대요?"

저런 단순 명쾌한 생각 회로를 돈 주고 살 수 있다면 좋겠다. 모아놓은 거라곤 대출이 전부지만 영혼까지 끌어모아 갖고 싶다고.

"오늘 수고 많았어."

두 사람에게 인사하고 차에서 내리는데 효봉 식당 간판이 탈칵 하며 불이 들어왔다. 정면만 응시한 채로 빠르게 지나쳤다. 몸도 마음도 축축 늘어졌다.

호준의 말처럼 어떤 사람들은 대단한 결심이나 사명감이 없어도 결혼을 한다. 하지만 나는 그게 잘 안 되는 사람이어서 호준과 헤어졌다. 무릇 결혼뿐 아니라 사랑도 마찬가지다. 어떤 형태로든 희생이 따르는 일이다. 정식을 선택하고 나면 나는 또 어떤 불편함을 감수하고, 얼마큼 상처받고 흔들리게 될까. 결혼하지 않은 채로 언제까지 사랑할 수 있을까? 헤어지지 말자는 둘만의 약속이 힘이 있을까? 어디가 끝일지 모르는 그 길을… 가 봐도 괜찮을까?

✦

[축하합니다. "픽다운"이 로지 백화점 기획전 메인 입점사로 선정되었습니다.]

"우리, 해 낼 줄 알았어!"

며칠 뒤, 반가운 메시지가 도착했다. 비싼 샴페인 한 병과 축하 케이크를 사고, 사무실 벽에는 'CONGRATULATION'이라고 적힌 축하 가랜드도 걸었다. 김 선배와 찐과 함께 고깔모자를 쓰고 샴페인을 터트리며, 서로를 위해 마음껏 축하를 나누었다.

✦

"나쁜 년, 더럽게 매정한 년…. 어우, 소름 끼치게 지 생각만 하는 년!"

"야… 욕도 적당히 좀 해라. 곧 엄마 될 애가?"

윤서는 정식과 그간 있었던 일을 듣고는 내게 욕을 퍼부었다. 이 나이에 불안한 남자는 최악이라더니, 왜 갑자기 태세를 전환한 거야? 호르몬 때문인가? 하여간 친구들의 적당한 관심과 우려는 감사히 받고, 충고는 흘려 버려야 한다. 어차피 남일이다.

"너 진짜 너무 못됐어. 그 남자 진짜 마음 아팠을 거야."

"비혼주의자랑 연애하는 거, 쉽지 않겠지? 분명 후회하고, 상처받겠지?"

"넌 똑똑하게 잘하다가 결정적일 때에 등신같이 굴더라? 넌 아직도 누굴 믿니? 난 이제 나만 믿어."

윤서의 연애 특강이 시작되었다.

"그 사람 믿고 가는 게 아니라 널 믿고 가야 한다는 소리야.

선택권은 네가 쥔 거야. 그 사람은 널 선택했고, 네 선택을 기다리고 있어. 그러니까 네가 네 사랑에 책임질 수 있다면 못 먹어도 GO! 그 사람을 그만큼 사랑하지 않거나, 상처받는 게 두렵다면 그 연애는 애초에 틀린 거지. 너 근데… 아직도 널 못 믿어?"

나쁜 일과 좋은 일은 늘 함께 찾아왔었다. 힘들어 죽을 것 같다가도 희망이 찾아오고, 행복하다는 말이 차올라 인생을 만만하게 볼라치면, 작정이라도 한 듯 다시 나락으로 떨어지길 반복했다. 이렇게 인생의 모든 순간에 시련이 있었지만 잘 넘어왔고, 고비를 넘기며 조금씩은 더 나아지고 있다.

그래, 나는 나를 믿는다. 그에게로 가야겠다는 생각이 강렬하게 들었다. 그를, 찾아야겠다! 내 앞에 어떤 폭풍우가 불어닥쳐도 무너지지 않을 거라 자신하며 언제나처럼 씩씩하고 나답게 나아가리라.

◆

"사장님, 정식 씨 강원도 작업실 주소 좀 알려 줘요."

"나야 모르지…. 지성이는 알려나?"

"나도 몰라, 주소는."

"넌 몇 번이나 따라다녔다며, 주소도 몰라?"

애꿎은 지성에게 버럭 신경질을 냈다.

"아니, 누나도 간 적 있다면서요! 운전이야 형이 항상 하니까 주소는 내가 모르지…."

지난여름, 정식을 따라 강원도 작업실을 다녀오기는 했지만 정확한 주소도, 위치도 몰랐다. 이런 무심한 내가 싫어지는 순간이었다. 예민한데 무심한 사람. 내가 딱 그랬다. 정식의 말이나 행동에는 온통 예민하게 굴었으면서 언제까지고 그는 그 자리에 그대로 있을 것처럼… 그렇게 무심했다.

정식의 방으로 뛰어 올라가 방문을 열었다. 어딘가 주소를 써 둔 게 있을 거야. 정식이 쓰던 간이침대, 이리저리 널어놓은 담요와 작업대는 사람이 없는 줄도 모르고 눈치 없이 제자리를 지키고 있었다. 정식만 떠나고 없는 자리를 정신없이 뒤지다가 정식의 침대 위에 걸어 놓은 사진 중 처음 보는 사진이 눈에 띄었다. 언뜻 보면 풍경 사진 같았지만, 자세히 들여다보니 거기 내가 있었다. 양팔을 쭉 뻗어 큰 소나무 한 그루를 가득 품에 안은 채로.

심호흡을 한 두 번쯤 하고 핸들을 잡았다. 왜 이렇게 떨리는지, 이젠 초연해졌다고 생각했는데 아직 멀었다. 마음은 마음이 마음대로 할 수 있는 게 아니라고, 평온 따위 보란 듯이 한순간에 깨져 버렸다. 마지막으로 내게 어디든 같이 가자 말하는 정식의 얼굴은 여태까지 내가 봐 온 표정과는 조금 달랐다. 사랑받고 싶어서, 사랑받지 못해서, 사랑하고 싶어서, 사랑을 잃어서, 사랑이, 긍정이, 부정이 두려운 얼굴…. 내가 그에게 느낀 두려움, 정식도 나와 같은 마음이었으리라. 절대 그의 손을 놓고 싶지 않다는 생각이 강렬하게 들었다. 정식이 너무나, 간절히 보고 싶다.

호준의 프러포즈를 받은 그때 결혼했다면 어땠을까? 안정적인 삶에 만족하고 있을까? 아니면 갑갑함에 내 선택을 후회

하고 있을까? 안정적인 삶을 떠나온 지금, 얼마간 내가 겪은 일들을 생각해 본다. 서른이 넘고 부모에게서 경제적으로나 정신적으로 독립하게 되면서 나는 내가 꽤 어른이 된 줄만 알았다. 하지만 여전히 온통 모르는 것투성이였다. 나 자신조차도 낱낱이 알지 못했다. 어쩌면 죽을 때까지도 나 자신을 모두 안다는 건 불가능할지도 모른다. 삶이라는 건 불확실한 미래 속에서 끊임없이 나를 발견하고 고민하는 것이 아닐까? 누구나 미래를 확신하지 못하기에 결혼을 하고, 혹은 결혼하지 않겠다는 결심을 한다. 기혼이냐, 미혼이냐, 비혼주의자냐… 사람들은 자꾸 나에게 답을 내놓으라 하지만, 그냥 이렇게 애매모호한 채로 살기로 했다. 불확실한 미래 속에서 나를 믿고, 마음을 다하면서. 그게 나쁜지 좋은지는 여전히 모르겠지만… 누구나 내일은 모르는 법. 자신을 믿고 나아가는 거다. 내일의 나를 위해서 오늘의 나를 믿는 수밖에 없다.

뜨거운 여름의 태양을 뚫고 내가 한 선택을 향해 나아간다. 다시 상처받고 혼자가 되더라도 괜찮다고. 이렇게 잘 이겨 내어 멋진 여자로 성장하고 있잖아. 언제나처럼 뜨겁고 삶에 최선을 다하는 나다운이 되는 거야. 미세먼지 가득한 이 도로 위에서 다짐하고 또 다짐한다. 바로 지금 이 순간에 최선을 다해 뜨겁게 사랑할 것이라고. 횡계를 향해 액셀을 더 세게 밟는다.

✦

  기억을 따라왔다. 기억이란 편집된 영화와 같아서 길고 긴 장면들은 찰나의 짧은 시간으로 흐른다. 지나가 버린 필름은 여운으로 남기도 한다. 우리가 함께 밥을 먹었던 낡아빠진 휴게소, 함께 탄성을 내질렀던 울산바위 풍경을 지나쳐 그와 함께 들렀던 작은 슈퍼에 도착했다. 차가운 캔 커피를 사서 평상에 앉았다. 평상 옆으로는 벌써 코스모스가 피었다. 한 손으로 경례하듯 뜨거운 해를 가리고 앉아 있으니 주인 할머니가 옆에 와 앉았다.

"할머니, 이리로 쭉 가면 혹시 폐교 같은 게 나오나요?"

"학교? 있지. 삼십 분은 더 가야 나와."

  여기까지 잘 왔구나. 정식에게 더 가까워졌다.

"그런데 처자가 그 깊은 산골짜기는 왜 가려고?"

"누굴 좀 찾으려고요."

"전에도 한번 왔었지? 시커먼 총각이랑."

"그걸 기억하세요?"

"딱 한 번 짧게 들러 커피를 산 게 다인데, 기억력이 정말 좋으시네요!"

"나는 여기서 혼자서 산 지 40년도 넘었어. 내가 팔십이 넘었어도 들렀다 가는 사람 얼굴은 다 기억해."

"혼자서 40년을요? 외롭지 않으셨어요?"

"외롭지 않은 사람은 없어. 누구나 다 외로움과 함께 사는 거지."

할머니는 담배를 입에 물고, 성냥에 불씨를 붙였다.

"자기 밥벌이 자기가 하는 사람은 혼자서 살아도 괜찮아. 그냥 매일 해야 할 일을 착실하게 하면서 살면 돼. 처자도 자기 밥벌이는 자기가 해. 외로움 걱정하느라 인생 낭비하지 말고, 남한테 의지하려고도 하지 말고. 남한테 의지하면 외로움이 고통이 되는 거야."

할머니는 후~ 하고 한숨인지 회한인지 모를 담배 연기를 내

뿜고 말을 이었다.

"청춘이 눈 깜짝할 새 지나가 버렸어. 인생은 참 짧아…. 영원한 건 없어. 그렇지만 영원할 것처럼 살아가는 거지. 그렇게 외로움과 함께 사는 거야. 그것도 그것대로 나쁘지 않아."

할머니는 말을 끝내고 저 멀리 산속으로 손가락을 뻗었다.

"이 길 따라 30분만 더 올라가 봐. 그 총각 만날 수 있을 거야."

영원한 건 없다. 영원할 것처럼 사는 거다…. 다시 차에 올라타 문장을 입 속에서 굴린다. 조금만 더 가면 정식에게 닿는다.

여자의 직감은 무섭다. 예민한 촉수는 비상시에 발동되고, 그 촉은 웬만하면 틀리는 법이 없다. 결정적인 순간, 이성적으로 돌변하는 감각에 나 자신조차도 놀라는 순간이 있다. 바로 지금처럼.

"여기다…!"

차를 세웠다. 가을의 냄새를 담은 바람이 휙 하고 지나갔다. 학교 정문을 걸어 들어간다. 정식은 오래된 정글짐 옆으로 새로 들여온 폐목을 줄 세워 널어놓았다. 정식이 이곳에 있다. 발보다, 말보다, 심장이 먼저 뛰어나갈 듯 요동쳤다. 한 발자국씩 내딛는데 얼마전 내린 비 때문에 발이 푹푹 꺼졌다. 혹시 그를 마주쳤을 때 엉성하게 걸어가는 모습이 우스워 보일까 봐 조심히 걷느라 속도가 더뎠다.

 교실 창문 너머로 정식이 보였다. 창밖을 내다보는 정식과 눈이 마주쳤다. 나는 짐짓 놀라는 표정을 지어 보이며 그 자리에 섰다. 정식이 교실에서 나와 내 쪽으로 걸어왔다. 그는 평소보다도 더 추레했다. 땀에 전 티셔츠, 구멍 난 카고바지에, 잔뜩 묻은 진흙이 굳어 엉망인 운동화까지…. 그를 향해 뛰어가고 싶었지만 발이 움직여지질 않았다. 말없이 떠나 버린 그에 대한 서운한 마음과 더 빨리 오지 못해 미안한 마음이 버무려져 몸이 딱딱하게 굳었다.

 "여긴 어떻게 왔어?"

 쑥스러운 건지, 내가 여기서 서 있다는 사실이 믿어지지 않은 건지 정식은 목에 두른 수건으로 얼굴과 눈을 몇 번이나 부비고 물었다.

 "숨을 거면 제대로 숨든지. 어딜 가면 간다 말을 해 줬어야지, 혼자 이렇게 도망쳐 버리는 법이 어디 있어!"

 왜 이 순간에도 예쁜 말이 나오질 않는 거지? 욱하는 성질 때문에 그 고생을 하고도 정신을 덜 차렸다.

"같이 떠날 거냐는 질문은 좋아한다고, 사랑한다고. 그렇게 말한 다음에 그리고 데이트도 하고, 손도 잡고, 뽀뽀도 하고. 그러고 나서 하는 거라고! 그래, 맞아, 너 이기적이야. 그런데 사람은 누구나 이기적이야. 나도 너보단 내가 더 중요하거든."

내 말이 끝나기를 기다렸다는 듯 정식이 나를 세게 끌어안았다. 정식은 나를 꼭 안은 채 고개를 내 어깨 위로 떨어트리며 말했다.

"좋아해."

그에게서 진한 나무 냄새가 났다.

"언제부터야?"

정식에게 몸을 떼어내고 물었다.

"처음부터. 부케는 영원한 사랑의 맹세라느니 비혼은 고독하다느니. 이상한 말을 할 때도 네가 궁금했고, 뭐든 열심히 하는 네가 좋았어. 빛났어. 자꾸 욕심났어."

"내가 지금 여기 온 건… 같이 살자, 결혼 필요 없다, 나도 비혼주의자가 되겠다, 뭐 그런 결심이 서서 온 거 아니야. 절대 손 놓지 않겠다고 약속도 못 해. 누구라도 내 삶을 뒤흔들면 언제고 나는 관둬 버릴지도 몰라. 나는 사랑도 중요하지만 내 삶이, 내 인생이 제일 중요한 사람이니까. 그런데 누가 그랬대, 사람은 미래가 어떤지 몰라야 사랑할 수 있다고. 우리 미래가 어디로 갈 진 잘 모르겠지만.. 나 그냥 복잡하게 생각 안 하려고. 지금은 내가 널 좋아하니까 그냥 그것만 생각하려고. 지금처럼 내가 번 돈 나한테 아낌없이 쓰고, 좋은 배우자인 척, 얌전한 척, 효녀 코스프레 같은 거 없이, 언제나 나 자신인, 너보단 나, 내가 우선인 연애할 거야. 그래도 괜찮지?"

정식이 웃었다. 나도 그를 따라 웃었다. 우린 그렇게 두 손을 마주 잡고 결혼 없는 연애를 해보기로 약속했다. 한없이 가벼운 어쩌면 한없이 무거운 약속을. 아무것도 확신하지 못한 채 확신에 찬 눈으로 서로를 보면서.

에필로그

 계절은 가을 하늘의 구름처럼 조금씩, 천천히, 알아채지 못하게 흘렀다. 어느덧 시린 입김이 나는 계절이 왔다. 연이어 들리던 사건 사고 뉴스도 잠잠했고, 일 년에 한 번씩 가을이 끝날 무렵 걸리는 지독한 몸살감기도 찾아오지 않았다. 오늘도 여전히 똑같은 하루를 시작했다. 늦잠을 잤고, 머리를 못 감았고, 어제 먹다 남은 순살 치킨 하나를 입으로 욱여넣고 집을 나섰다. 아침의 출근길은 하루 중 내가 가장 좋아하는 시간이다.

 외투를 턱 끝까지 잠그고, 겨울에 어울리는 음악을 선곡해 재생 버튼을 눌렀다. 화려한 색의 잎사귀를 잘난 체하던 가로수는 가차 없이 자신의 몸을 바닥으로 떨어트리기 시작했다. 출근 후에는 적당히 여유를 부리며 김 선배, 찐과 함께 곧 시작될 기획전 준비에 박차를 가하고, 점심시간 먹을 메뉴에 대해서도 치열하게 회의했다. 잔잔한 일상, 이런 것들을 안정감이라 불러도 될까? 별일 없는 하루를 시시한 하루라 불러야 한다면, 나는 지금의 이 시시함이 계속되었으면 좋겠다고 생각했다.

큰언니는 한국에 들어와 이혼소송이라는 끔찍하고 지옥 같은 과정을 겪었지만 강하게 이겨냈고, 인생 2막을 준비 중이다. 빛나는 재능을 살려 보육교사 실무 교육을 받고 있다. 작은언니와 형부는 여전히 금실이 좋고, 엄마와 아빠의 작은 슈퍼도 매일 같은 시간에 문을 열고 닫는다. 엄마는 김치, 말린 생선, 청국장까지 냄새나는 것들을 스티로폼 박스에 가득 담아 택배로 보내는 일을 쉬지 않았고, 나는 그것들을 효봉 식당으로 부지런히 배달했다.

꿀벌이도 윤서의 자궁 속에서 잘 자라고 있다. 윤서는 꿀벌이의 성별을 알아내기 위해 초음파를 여러 번 했지만, 손으로 생식기를 자꾸 가리는 바람에 결국 확인하지 못했다.

"꿀벌이가 딸이었으면 좋겠어?"

내가 물었다.

윤서는 여러모로 조심히 키워야 하는 딸보다는 아들이 좋겠다고 했다가, 아들이면 조금만 커도 같이 목욕도 못 하고 뽀뽀도 안 하려고 하면 서운해서 안 되겠다며 딸이 좋겠다고 했다가 오락가락하는 중이다.

"사실, 난 꿀벌이가 딸이든 아들이든 상관없어. 그보다 아이가 날 보고 세상을 배우게 될 텐데, 걱정이 많아. 좋은 엄마보다는 좋은 어른이고 싶어. 꿀벌이가 괜찮은 어른으로 자라서, 세상은 살 만하다는 희망을 가졌으면 좋겠는데 내가 잘할 수 있을지 모르겠어."

"네가 그런 생각을 하다니? 어른 다 됐네, 최윤서."

"내가 티가 잘 안 나서 그렇지, 생각이 깊은 타입이라고."

윤서는 한 생명을 사회구성원으로 잘 키워 내기 위해 좋은 어른이 되는 법을 고민하고 있다. 나는 윤서 뿐 아니라 출산을 선택한 친구들을 보면서 보면서 나와 다른 선택을 한 그녀들이 참 용기 있는 사람임을 새삼 깨닫는다. 자본주의 사회에서 제 몫을 하면서 살아가는 일도 어렵지만, 출산과 육아를 선택하는 이들은 존엄하고 위대하다. 성취가 쉽게 드러나지 않는 평범하고 일상적인 가사와 육아가 얼마나 고단한지, 그리고 그것들을 잘하게 되려면 PPT 하나 만드는 데 드는 스킬의 몇 곱절이

나 많은 공과 시간을 들여야 하는지. 작은 인간을 생각하는 사람으로 키워 내는 건 얼마큼의 내공이 쌓여야 가능한 건지. 내 머리론 도저히 계산이 안 된다. 그래서 그냥 늘 내가 받고 싶어 하던 것들을 염원해 보았다. 결혼을 선택했더라도 변함없는 대우, 출산 후에도 사회에서 도태되지 않는 문화, 마음 편하게 아이를 키울 수 있는 더 안전한 세상이 꼭 왔으면 한다고.

반려견 산책 알바를 시작한 지성은 여전히 웃는 얼굴로 나를 맞이해 주고, 효봉 사장님과 명희 언니는 오늘도 쿵하면 짝하며, 평생 반려인의 포스를 풍겨 주신다.

참, 그리고 비타운에는 새로운 멤버가 이사를 했다.

"뭐? 새 멤버? 누나 진짜 비혼하기로 한 거야?"

필성이 펄쩍 뛴다. 그렇다. 비타운의 새로운 멤버는 바로 나, 나다운이다.

"진짜 비혼, 가짜 비혼. 그런 게 무슨 의미야. 삶의 가치관이 서로 맞다는 게 중요한 거지?"

뻔뻔한 내 태도에 필성은 할 말을 잃었고, 효봉 사장님과 명희 언니도 내 입주를 반겨 주었다.

"뭐 이미 결정된 것 같으니까, 우리 가족이 된 걸 환영해, 다운."

"혼자서 나이 들면, 필요한 건 돈이랑 사람이야. 그 둘이 없으면 금방 초라해지거든. 같이 늙어갈 사람은 여기 많으니까, 부지런히 벌어 둬!"

우리 주변에는 완성된 비혼주의자의 표본이 전무하다. 그래서 비혼인에 대한 괴담을 만들어 내고 함부로 그들의 미래를 예언하며 비혼을 그토록 두려워하고 있었던 게 아닐까? 나도 이들을 만나지 못했더라면, 여전히 '결혼하지 않는 자의 최후는 작은 방에서 혼자 쓸쓸히 죽어 가는 거'라고 상상하고 있을 테니까.

하지만 경험해 본바, 비타운의 비혼인들은 편견에 쪼그라들지 않는다. 이들은 자신이 선택한 삶에 자부심과 만족도가 높다. 자유롭고 안전한, 내가 선택한 가족. 이것이 그들이 만들어 낸 새로운 형태의 가족이다.

정식의 브랜드 '양철 나무꾼 J'는 성장세다. 섬세한 마감과 착한 소비로 입소문이 돌고 있다. 바다를 머금은 쓸모없던 폐목들은 누군가가 아끼는 공간에 온기를 품어 줄 집이 되고, 마음이 되었다. 나무의 모서리를 서로 꼭 맞추어 책상을 만들고, 의자를 만들면서 그는 쉽사리 변하거나 떠나 버리지 않는 자신

만의 인생을 완성해 가고 있었다.

   그와 나는 결혼 약속 따위 하지 않지만, 연인으로서 서로에게 불안하지 않은 관계가 되었다. 늘 마음을 건강하게 가지려고 노력하기로 했다. 사소한 서운함이 쌓여 원망이 되고, 원망이 쌓여 미움으로 번지지 않도록 훈련하는 중이다. 우리의 사랑은 뜨거웠다가 식었다가 잔잔해졌다가 이내 시시해질 수도 있겠지만 그것을 사랑의 끝이라 부르지는 않기로 했다. 그런 순간이 오면 그때 우리는 그것을 새로운 시작이라 부르기로 했다. 언제나 긴장해야 하는 관계, 하지만 평생 친구 같은 느슨한 관계. 우린 결혼 없이 그런 관계를 완성해 나가기로 했다. 평생 사랑할 자신이 있다면, 그것이 꼭 결혼의 형태일 필요는 없으니까.

   우리는 매 순간 다양한 삶의 형태를 결정하며 살아간다. 완전한 사람과 완전한 관계란 세상에 존재하지 않는 것처럼, 매 순간 안전하고 평범한 선택을 할 순 없다. 결혼을 하든, 안 하든 그저 '나다운'이라는 내 이름을 지키고, 나만의 속도로 걸어가리라 다짐한다. 맑은 날도, 흐린 날도, 무방비 상태로 비를 맞으며 걷는 날도 많겠지? 그때 나의 걸음이 덜 고되도록 가는 길 여기저기에 순간의 작은 행복을 많이 놓아두려 한다. 내가 걸어온 이 길이 켜켜이 쌓여 나다운 인생이 완성될 테니까.

내가 걷는 모든 길이 나다운 길이 되기를 바라며, 행복 하나를 놓아두며 이야기를 마친다. 결혼하지 않은 채로도 우린 사랑할 수 있다.

작가의 말

　사회에서 말하는 '결혼 적령기'에 접어들면서부터 내게도 확고한 철학과 로망이 생겨났다. 내 로망은 바로 호들갑 떨지 않는, 결혼식 없는 조용한 결혼. 그런데 내 얘기를 들은 사람들 대부분은 결혼은 두 사람의 이벤트가 아닌 가족 대 가족의 이벤트며, 양가 부모님들의 뿌린 축의금을 회수해야 하는 현실 때문에 그런 결혼식은 이뤄질 수 없을 거라고 했다. '결혼식 끝나고 몸살 났어. 다시 하라면 못 해. 내 결혼식인데 내 맘대로 할 수 있는 건 없더라' 같은 결혼에 대한 흉흉한 풍문까지 들으니 더없이 복잡한 심경이었다. 김칫국을 좋아해서 그런가, 당시 사귀는 사람도 없으면서 내 마음대로 할 수 없다면 '비혼을 해볼까?' 김칫국을 마셨다. 하지만 입 밖으로 잘 내진 못했다. 비혼을 선언했을 때 들을 가족들의 잔소리도 끔찍했지만, '결혼하지 않은 채로도 행복할 수 있을까?' 하는 두려움이 컸기 때문이다. 그때의 난 결혼을 할 자신도, 비혼을 할 자신도 없었던 거다.

비혼 콘텐츠가 막 생겨나던 시기, 저들은 어떻게 비혼이란 중대한 결정을 하고 목소리를 높일 수 있는지 궁금해졌다. 비혼도 결혼도 선택하지 못하고 어정쩡하게 나이만 들어가고 있는 내가 한심해서 이 이야기를 소설로 쓰기로 마음먹었다. 초보 비혼인 '다운'과 타협 없는 비혼 주의자 '정식'을 통해서 질문에 답을 찾아보기로 했다. 내가 이렇듯 혼란스러운 이유가 제도인지, 역할인지, 아니면 사람인지를. 그리고 비혼과 미혼 사이를 끊임없이 오가며 갈등할 이들을 응원하고 싶다는 마음이 이 소설을 포기하지 않게 한 원동력이 되었다. 단단한 자신감을 가지라고. 그러면 결혼을 해도, 혹은 결혼을 하지 않아도 괜찮을 거라고 말이다.

그렇게 엔딩을 쓸 즈음, 나는 내 안의 답을 찾았고 가치관이 맞는 사람을 만났다. 강원도 인제의 작은 면사무소에서 둘이 같은 디자인의 반지를 나누어 끼고 혼인신고서에 도장을 찍으며 결혼식 없는 결혼을 했다. 로망을 실현한 셈이다. 가족들과 지인들의 혀 차는 소리가 종종 들렸지만, 그때의 난, 참 나다운 결혼을 했다고 생각했다.

  비혼엔딩은 서른다섯 겨울에 시작했고, 마흔의 봄에 마지막 퇴고를 한다. 5년 전에 쓴 글을 보니, 세상에 내놓기가 부끄럽다. 하지만 나의 서른 다섯이 고스란히 담긴 이 글이 있기에 지금의 내가 있다. 그러니 두 눈 질끈 감는 수 밖에. 첫 소설을 쓰면서 포기하고 싶은 날이 숱했다. 소설을 완성하고 나면 나는 어떤 사람이 되어 있을까 궁금해하면서 그 시간을 버텼는데 버티길 참 잘했다는 생각을 한다. 지금의 난 결혼을 해도, 하지 않아도 잘 살아갈 사람이 되었다. 그런 의미에서 내게 비혼 엔딩은 큰 용기였고, 도전이었으며, 인생의 전환점이었다.

  정식이 왜 비혼을 결심했는지, 비타운의 비혼인들은 그 뒤로도 비혼으로 잘 사는지 더 많은 이야기가 있었지만, 가감 없이 삭제하면서 분량이 많이 줄었다. 대신, 정식과 비타운의 이야기는 다른 방식으로 세상에 내놓을 계획을 갖고 있다.

  프랑스에는 '팍스'라는 제도가 있다. 팍스는 결혼한 부부와

동등한 수준의 혜택을 누릴 수 있는 대안적인 결혼 제도다. 생활 동반자로서 실질적인 보호를 받을 수 있기에 프랑스의 젊은 이들은 팍스 제도를 더 선호한다고 한다. 맺고 푸는 형식이 간편한 새로운 정책을 모두 우려했지만, 비혼인 관계 출생률이 전체 60%*를 웃돌며 출생률이 높아졌다. 더 재밌는 점은, 팍스를 맺고 헤어지는 커플보다, 결혼 후 이혼하는 커플이 더 많다는 사실!

결혼과 출산을 자유롭게 선택하는 시대라곤 하지만, 지금도 여전히 편견에 상처받는 이들이 많다. 새로운 형태의 가족을 담을 수 있는 제도가 빨리 마련되었으면 하는 바람이다. 이 이야기가 조금이라도 더 많은 사람이 다양한 삶의 형태와 저마다의 속도를 인정하고 존중하게 되는 따뜻한 계기가 되기를 바라며 글을 마친다.

결혼해도, 결혼하지 않아도, 혼자 살아도, 아이를 혼자 키워도, 누구도 위축되지 않고, 미움받지 않아도 되는 그날을 희망하며.

2024년 4월
이도연

p.8	Bidding – 마케팅 용어, 입찰 공고를 띄운 사업에 선정되기 위해 일반적으로 진행하는 경쟁PT
p.12	황지우의 시
p.74	결정사 – 결혼정보회사의 줄임말
p.94	이소라, 내 곁에서 떠나가지 말아요 1998
p.129	김현철, 달의 몰락 1993
p.142	송골매, 처음 본 순간 1983
p.163	라이먼 프랭크 바움의 '오즈의 마법사' 중에서 [이제 난 사랑을 할 수 있어.]
p.203	팍스, 가장 자유로운 결혼 – 이승연

비혼엔딩

초판 1쇄 2024년 5월 1일

지은이 이도연
펴낸이 손창준, 성지혜
기획책임 송예나
기획지원 김민성, 이순진
편 집 고은정, 이연주
표지일러스트 instagram @ming_soong
디자인 김철수
펴낸곳 빅웨이브엔터테인먼트 주식회사

주 소 서울특별시 마포구 토정로 28-10, 2층
전 화 02) 6085-1300
이메일 bigwave_bookk@naver.com

· 저작권법에 의해 보호를 받는 저작물이므로 저자와 출판사의 허락 없이 무단 전재와 복제를 금합니다.
· 오탈자 및 잘못 표기된 부분은 위 이메일 주소로 보내주시면 감사하겠습니다.
· 책값은 뒤표지에 있습니다.